Die Löwen von Kyiw

Maison Arkonak Rhugen 3

Autor: Richardt Guitterzzi

Kapitel 1

Orion

„Ich habe nicht versagt.
Ich habe gerade 10.000 Wege entdeckt, die nicht funktionieren."

Thomas Alva Edison, amerikanischer Erfinder.

--- Wir haben eine nachricht von der Matrix erhalten. - Sagte Kommandant Rodolfo Azteca. --- Sie wollen eine videokonferenz mit uns. Ich denke, wir haben neuigkeiten nach unserem bericht.
--- Ich weiß, ich übertreibe es ein wenig. Aber ich bereue nichts. Wenn sie wollen, wiederhole ich noch einmal. Wort für wort. Ich dachte nur nicht, dass du mich unterstützen würdest. Sie sind immer so vorsichtig ...
--- Alles was du gesagt hast war wahr, Sonja. Wie sollte ich die fakten leugnen? Ich konnte nur bestätigen und unterschreiben. Und dann haben wir schon einen weg ohne wiederkehr eingeschlagen. Es ist alles oder nichts.
--- Wir und die mädchen sind militär. Wir werden auf jeden fall vor das Kriegsgericht gehen.
--- Um beurteilt zu werden, müssen wir erst lebend von der Erde hier raus.
--- Glaubst du, sie können uns hier im stich lassen?
--- Nach unserem bericht bezweifle ich nichts anderes.
--- Wir sind in einer sackgasse, Roy. Eine videokonferenz? Mit wem wirst du sprechen?
--- Ich weiß es einfach nicht. Sie wollen die anwesenheit des gesamten teams.
--- Das ganze team? Wie überlisten wir Sabrina?
--- Sie wird auch teilnehmen. Sie wollen den terranischen neuling treffen.
--- Bist du verrückt? Sie ist nicht bereit! In den häusern, in denen sie arbeitete, durfte sie nicht einmal telefonieren! Wie kann ich einem mädchen von 1915 erklären, was interplanetare videokonferenzen sind?
--- Ich hoffe du kannst, Sonja. Weil sie teilnehmen muss. Was ist, wenn sie später jemandem erzählt, dass sie eine videokonferenz mit außerirdischen hatte...
--- Hospiz und Asyl. Ich verstehe. Wann wird es sein?
--- Ich habe es geschafft,für heute abend zu planen.Um 2 uhr morgens im abstellraum.
--- Gut gewählt. Wenn jemand anfängt zu schreien,können wir einige kisten umwerfen, um den ton zu übertönen. Natürlich leere kisten.
--- Wenn wir den menschen von 1915 erklären müssen, was videokonferenzen sind, sollten wir besser sagen, wir hätten etwas getrunken und parfüm getrunken.
--- Dass ich kein nitroglycerin trinke und kein schießpulver esse, Roy.
XXXXXXXXXXXXXXXXXXXXXXXXXXXXXXXXXXXXXXXX

--- Sind wir alle hier? Bereits auf ihren stühlen installiert? Sabrina, bist du bereit?
--- Ich bin bereit. Die Gräfin habe es mir schon erklärt. Es ist wie ein filmkünstler, der mit dem publikum über die kamera spricht.
--- Es ist fast so. Wir sind schon pünktlich. Ich werde das gerät einschalten. Rodolfo schaltete das gerät ein.Nach einigen sekunden elektromagnetischer störungen erschien der anrufer. Die überraschung war für alle total. Für Sabrina war die qualität des farbbildes im vergleich zu schwarzweiß-stummfilmen unvorstellbar. Wäre da nicht die größe des 15-zoll-bildschirms des geräts, könnte ich den bildschirmbeauftragten einladen, gemeinsam ein eis zu essen. Der Kommandant auf dem bildschirm schien vor ihm zu sein.Für den rest des teams war der auftauchende charakter ein klare botschaft der gefahr.
--- Kommandant Sanders. - Azteca sagte, aufstehen und salutieren, von Sonja, Kelly und Jill begleitet.
--- Schön zu sehen, dass sie immer noch salutieren können. Und jetzt bin ich Konteradmiral Sanders. Ich wurde vor ungefähr zwanzig minuten befördert, dank dir. Wohlfühlen.
        Sanders sah die Arkonaks-Gruppe an. Er konsultierte einige notizen in seinen händen und sagte:
--- Zusammen mit einem stück blech wurde ich auch beauftragt, dich,den Arkonak und die gegengifte, von diesem beschissenen berg zu retten, auf dem du dich begraben hast. Überspringen wir also die glückwünsche und kommen zum punkt. Nennen sie mich von nun an einfach "Orion". Ich bin der neue Kommandeur dieses scheißberges.
--- Was ist mit dem alten "Orion" passiert? - Fragte Azteca.
--- Dank ihres schönen berichts musste er zurücktreten. Aus solidarität folgte ihm sein gesamtes team. Niemand hier möchte sich daran erinnern, dass es dich gibt. Wenn ihre mission nicht so wichtig wäre, könnten sie alle in die hölle gehen. Niemand wollte "Orion" sein. Um mich zu fördern, stellen sie sich den grad der verzweiflung des Ministeriums vor.
        Chayse klopfte mit dem stock auf den boden.
--- Nun, ich denke, sie haben eine brillante wahl getroffen. Sie waren der mann für diese position, immer Konteradmiral Olavo Sanders. Oder "Orion", wie sie bevorzugen.
        Es herrschte stille. Schwer wie stein.
        Olavo Sanders war ein mann mit wenigen freunden, dickhäutig und ohne papst auf der zunge. Er hatte eine sehr große anzahl von insubordinationen und disziplinarverhaftungen. Niemand lud ihn zu partys, empfängen und gesellschaftlichen veranstaltungen ein.
        Aber beruflich war es von unerbittlicher effizienz. Die personifikation des frontsoldaten. Hart, rau, bereit zu töten oder zu sterben, um seine mission zu erfüllen. Er selbst gab zu, dass er kein guter stratege war. Seine lieblingstechnik, wenn man es so nennen könnte, gegen alles und jeden, einschließlich der vorgesetzten, frontal zuzuschlagen, hatte ihm bereits große ärger bereitet.
        In der Flotte, wurde er von seinen vorgesetzten verabscheut und von den soldaten verehrt. Er war der feuerwehrmann der unmöglichen rettung, den er erst anrief, als mehr als die hälfte bereits in asche lag.
        Stellen sie sich Team Arkonaks überraschung vor, dass alle ursprünglichen missionsplaner entlassen worden waren und dass sie Sanders zum Konteradmiral befördern mussten, damit er einen posten antreten konnte, den niemand wollte. Er konnte auch nicht glauben, dass er auf dem Stuhl von "Orion" saß (Codename des Exekutivkommandanten der Operation Arkonak).
        Als er den bericht von Rodolfo Azteca las ud sah,dass er diesen "beschissenen

berg" führen musste, hatte er fast einen nervenzusammenbruch.

Aber nach der anfänglichen überraschung wurde der ausdruck der "ArkonakFamilie" friedlicher. Wenn es einen "Orion" gab, dem sie vertrauen konnten, um probleme zu lösen, war dieser mann Olavo Sanders.

Persönlich, hasste Sanders sie alle. Jedes mitglied für sich, jeder aus einem bestimmten grund. Und das ganze Team zusammen, umso mehr.

Für Sanders waren sie der lächerlichste Mambembe-Zirkus, der jemals ein militärschiff bestiegen hatte.

Aber idioten aus schwierigkeiten herauszuholen, war das, was er am besten konnte.

Und ich musste zugeben: Die verwirrungen der Familie Arkonak waren sehr ungewöhnlich. Die Arkonaken waren selbst für ihn eine gewaltige herausforderung. Und Sanders war kein mann, der sich den herausforderungen entziehen konnte.

Es war ein klassischer fall, gegensätze anzuziehen.

--- Kommandant Azteca, ich habe ihren bericht gelesen ud ihre akten gesehen.-"Orion" begann und sah von ihnen weg.Er konnte sie nicht einmal so wütend ansehen.Er würde lieber auf seine notizen schauen. --- Also, lass uns anfangen.Korrigieren sie mich,wenn meine notizen falsch sind.

Er schien sich auf einige aufzeichnungen in seinen Händen zu konzentrieren.

--- Kommandant des Kreuzers Rodolfo Adler Azteca. Sie sind vom Planeten Vega Centauro. Er hatte eine sehr regelmäßige karriere, bis er kam der Angehende Offizier. Er wurde zu einem studentenaustausch auf den Planeten Vorskhotcha geschickt, wo er Major Sonja Narodja traf, die zu dieser zeit ebenfalls Aspirantin war. Nach seiner rückkehr fuhr er fort, bis er den rang eines Kapitäns erreichte. Dann verließ er seine karriere und ging in die Reserve. Im zivilen leben wurde er eigentümer eines transportschiffes. Als der krieg ausbrach, wurde er zurückgerufen und wurde ein Kriegsheld.

"Orion" suchte nach anderen noten.

--- Du wurdest eine art "Propaganda-Junge" von den Kriegsanstrengungen, machst fotos und küsst kleine kinder. Es scheint, dass die Aztecafamilie viele einflussreiche freunde in den oberen rängen hat. Als die mission aufkam, zum Planeten Erde zurückzukehren und ein gegenmittel gegen giftige gase zu suchen, wirkte sich seine zivile erfahrung als söldnerreisender, abenteurer ohne boss, positiv auf ihn aus. Sie denken, sie haben initiative.

"Orion" las ein wenig und fuhr fort:

--- Sie wurden von einer Fregatte namens Arkonak kommandiert. Ein 29.000 tonnen schweres schiff, 171 meter lang und 23 meter breit. Mit einziehbaren flügeln mit variabler geometrie kann die spannweite bis zu 150 meter betragen. Die besatzung bestand aus 3500 Androiden und 8 Menschen.

--- Androiden? Was ist das? - Fragte Sabrina leise.

--- Menschlich aussehende roboter. Haben sie sich jemals gefragt, ob wir noch 3500 menschen ernähren müssen? - Jill hat geantwortet.

"Orion" gab vor,die unterhaltung im Hintergrund nicht zu hören und fuhr fort:

--- An Zweiter Stelle steht die Majorin Sonja Demetryieva Narodja, die auch als Agentin Vulpine von OKHRANA, dem Vorskhotcha Secret Service, bekannt ist. In ihrer freizeit stellt sie sich als Gräfin vor, da sie die erbin einer alten Familie des VorkottiAdels ist,die diesen Titel vor der Revolution innehatte. Ich muss sie daran erinnern, dass die Föderation eine Republik ist und dass ihr offizieller posten an bord des Schiffes der Major, und nicht die Gräfin ist.

--- Ich bin mir bewusst. Aber auf dem Planeten Erde 1915 ist es viel besser, eine Gräfin zu sein. Es wäre schwierig, eine bedeutende Frau zu erklären. - Antwortete Sonja.

"Orion" nickte. Wer hatte die wahl? Die undercover-Agentin war sie.

--- Fortfahren. Sie haben den Kommandant Azteca an der Vorskhotcha-Militärakademie getroffen, als beide Studenten waren, Aspiranten, und er war ein Studentenaustauschstudent. Auch zu dieser zeit haben sie ihre karriere in begonnen spion. Er war über 10 Jahre lang ein feldagent, bis die Revolution die VorkottiMonarchie stürzte. Nach einer spektakulären flucht vor Vorskhotcha, die von den Revolutionären erbeutet wurde,ließ er sich in Vega - Centauro neben dem Kommandant Azteca nieder.

"Orion" sah weitere noten.

--- Sie wurden ein Spionageabwehrberater des Vegan Secret Service. Sie wurde für diese mission ausgewählt, da sie nicht nur die Frau des Kommandanten ist, sondern auch für ihre taktischen fähigkeiten bekannt ist. Sie haben persönlich die beiden anderen soldaten der gruppe ausgewählt. Die Leutnants Jill Dashin und Kelly Falsborg von der Armee des Planeten Polaris.

--- Seid ihr zwei Leutnants? - Sabrina erschrak und wandte sich ihren freunden zu.

Alle sahen ihr erstauntes gesicht an. Es war "Orion", der mit schiefem gesichtsausdruck sprach.

--- Ist es mein eindruck, oder wusste der neuling terraner nichts darüber?

--- Entschuldigung, Herr Admiral "Orion". Es ist nur so, dass hier auf der Erde frauen nicht einmal ohne erlaubnis ihres vaters oder ehemanns auf die straße gehen. Viel weniger sahen sie Leutnants und Major der Marine.

--- Hier haben wir keine Marine,Fräulein.Unsere raumschiffe reisen durch de Weltraum.

--- Und auf deinen raumschiffen gibt es eis? - Fragte Sabrina interessiert.

Alle haben sich große mühe gegeben, nicht zu lachen. Jetzt wusste Sanders, wie es war, der kopf eines spöttischen untergebenen zu sein. Er hatte sein eigenes gift.

--- Können wir doch weitermachen oder nicht? - Sagte er finster.

--- Wir können. - Sagte Roy.

--- Leutnants Dalshin und Falsborg. Töchter, nichten und schwestern des militärs. Bekannt als "Siamesische Schwestern", wurden sie von Major Narodja angeworben und für diese mission ausgebildet. Es war noch ein soldat an bord. Major Wilfred Blum. Was ist mit ihm passiert?

--- Ich habe ihn getötet. - Azteca antwortete, ohne einen einzigen muskel im gesicht zu verändern.

--- Der Herr hat dies bereits in seinem bericht erklärt. Gehen wir jetzt zu den zivilisten. An bord befanden sich zwei zivilisten. Ein ehemaliger Vegas Police Kaptain, Inspektor Alfred Menzo Chayse; und Professor für Kunst, ehemaliger Kurator des VandarkiaMuseums, Professor Reinhardt Stephan Kracory.

--- Richtig.

--- Was die Erdbewohnerin angeht, die eis mag, haben sie sie vor ort rekrutiert. Sie ist eine zivilistin, autodidaktin in Botanik und Parfümerie, deren einzige relevante tatsache darin besteht,ihr eigenes haus in brand gesteckt zu haben,und wurde von ihrer eigenen mutter aus ihrem Land Brasilien ausgewiesen,die nicht wollte,dass sie verhaftet wurde.

--- Richtig.

--- Wie ich es verstehe, ist sie im Labor, ersetzte Major Blum, der mehr als zwanzig abschlüsse in Chemie und Biologie hatte,und den sie während der Reise getötet haben.

--- Richtig.

--- Wie wunderbar! Ich wollte schon immer einen Mambembezirkus haben. Begib dich mit einer Clown-Truppe in den Weltraum! Gehen wir jetzt zur mission. Was genau befahlen sie, Kommandant Azteca?

--- Mir wurde gesagt, dass es eine relativ einfache mission sein würde. Wie sie sich

erinnern, war ich ein aushängeschild, das kleine kinder geküsst hat. In der tat habe ich einige erfahrungen in behelfsmäßigen navigationen aus meiner zivilzeit. Aber ehrlich gesagt denke ich, dass das wissen, wie man kleine kinder küsst, ein kriterium war, das meine wahl mehr belastete, als meine militärischen verdienste.
--- Was er meinte war, dass es von anfang, an alles ein großer slapstick war.
--- Ich habe sehr gut verstanden, was er meinte, Major Narodja. Halte dich zurück. Fahren sie fort, Kommandant.
--- Grundsätzlich ein Politischer Marketingtrick. Der Kriegsheld Propaganda Boy würde auf den Planeten Erde zurückkehren, das gegengift nehmen und noch heldenhafter zurückkehren. Zu einfach, um wahr zu sein. Ich hätte es ahnen sollen. Über die Mission wurde ich nicht befragt. Für sie war ich eine Puppe, kein Commandant.
--- War das der Plan? Einfach auf die Erde kommen, das gegenmittel holen und zurückkommen, um kleine kinder zu küssen? So einfach ist das?
--- So einfach ist das.
--- Und was ist schief gelaufen?
--- Alles begann von anfang an falsch. Ich konnte nicht an den missionsvorbereitungen teilnehmen. Während das schiff und seine Android-Crew programmiert wurden, reiste ich mit Vega-Centauro, die bei Propagandaveranstaltungen unterhalten wurde. Selbst um dieses menschliche team mitzubringen, waren viele gespräche nötig. Hauptsächlich um nahrung und unterkunft für den menschen. Ehrlich gesagt wollte die Admiralität die menschliche präsenz an bord der Arkonak auf ein minimum reduzieren. Sie dachten wirklich, Androiden könnten alles lösen.
--- Am Ende bist du gegangen, mit 8 Menschen und 1500 Androiden. Sie haben den reisebericht erstellt, aber ich möchte von ihnen hören, Kommandant Azteca.
--- Die raumschiffcomputer und androiden waren bereits programmiert. Ich musste nur die taste „Start Systems" drücken und das war's: Die integrierte automatische steuerung würde den rest erledigen. Ich hatte einen "Nagelbrief", eine streng geheime Nachricht vom alten "Orion". Es sollte erst kurz vor dem eintritt in die stratosphäre des Planeten Erde geöffnet werden.
--- Sie sagten in ihre bericht,dass sie erst als sie die botschaft gelesen haben,gemerkt haben, dass ihre mission selbstmörderisch und nicht durchführbar war. Was war die nachricht in dem brief?
--- Bis dahin war ich still und dachte, die Admiralität wüsste, wo das gegengift war.Das habe ich verstanden, als sie sagten, es sei nur „Gehe zur Erde,nimm das gegengift und komm zurück". Erst als ich den brief las, sah ich, dass es totaler wahnsinn war.
--- Und was waren die verrückten befehle, die das taten? Bevorzugen sie das Kriegsgericht?
--- Es hieß, dass es im krieg zwischen den terranern vier hauptstädte gab:London und Paris auf der einen seite, Berlin und Wien auf der anderen seite.Ich sollte einen wählen, in den ich einbrechen möchte. Ich sollte Arkonak in die gewählte hauptstadt bringen, mit den laserkanonen angreifen und die androiden landen. Dort versklaven wir die örtliche terranische bevölkerung, indem wir uns als Götter präsentieren. Dann würden wir die Erdenbürger zwingen,nach gegenmitteln für uns zu suchen. Wenn nötig,würden wir selbst giftige gase über die stadt werfen, um sie zu unterdrücken.
    Es herrschte stille. Sabrina war geschockt.
--- Hatten sie vor, die wiener zu versklaven? Die stadt meiner eltern?
    Sonja drehte sich zu ihr um und nickte.
--- Ich wette,sogar den boss aus der abgebrochene steinzeit hatte keinen solchen plan.
    Sogar "Orion" war geschockt. Er hatte während seiner karriere viele dumme befehle erhalten. Aber das stellte einen neuen rekord auf.

--- Und was ist passiert? - Fragte er doch.
--- Als die befehle freigegeben wurden, zeigte Major Blum seine wahren absichten. Er
hatte die nachricht bereits gebrochen, und kannte die befehle vor uns. Er hatte nie
vorgehabt, nach gegenmitteln zu suchen. Er stellte gern giftige gase her. Und mochte
auch die idee, "Gott" zu werden und städte zu versklaven. Wir haben gekämpft und ich
habe ihn mit meinen eigenen händen getötet.
--- Es war eine Legitime Verteidigung. - Sagte Sonja. --- Wir sind alle ihre zeugen.
--- Mir besonders. - Chayse abgeschlossen. --- Ich konnte den kampf nicht sehen, aber
ich warnte den Kommandant, als Blum versuchte, ihn mit einer vergifteten spritze von
hinten anzugreifen.
--- Es sollte sein. In dem bericht sagen sie,sie haben die spritze in Blums hals gesteckt,
und er ist sofort gestorben. Und dann?
--- Wir konnten in nichts eindringen, geschweige denn jemanden versklaven. Das war
alles selbstmord und, in der praxis, hatten wir keinen plan. Also haben wir angefangen
zu improvisieren. Wir mussten uns zeit nehmen und so wenig aufmerksamkeit wie
möglich bekommen, bis uns etwas einfiel.
--- Dann begannen die Improvisationen. Gut. - Er schrieb „Orion" auf. --- Was haben
sie gemacht?
--- Ich habe London gewählt, aber es ist mir gelungen, die koordinaten so zu ändern,
dass wir tief in die Nordsee eintauchen können. Es war der einzige ort, an dem wir ein
fast 200 meter langes Raumschiff verstecken konnten. Sonja griff ein.
--- Aber wir konnten nicht in Arkonak eingesperrtwerden, mehr als 100 Meter tief. Wir
betraten die mini-U-Boot, und wir näherten uns der Englischen Küste. Wir brauchten
Terranische kleidung und einige verkleidungen.
--- Wir hatten also glück. Wir sahen ein altes boot,das immer noch von segel und kohle
angetrieben wurde. Es verließ die Englische Küste. Sie müssen schmuggler sein.
--- Als wir uns dem boot nähern, werfen wir rauchbomben an bord, um ein feuer zu
simulieren. Und die besatzung sprang ins meer.
--- Dann übernahmen wir die kontrolle über das boot und fuhren mit voller
geschwindigkeit zum neutralen Hafen von Amsterdam.
        "Orion" lachte.
--- Sie haben gut angefangen. Ein schiff stehlen.
--- Technisch finden wir ihn verlassen. Und nach den gesetzen des meeres, wer ein
verlassenes schiff auf hoher see findet, ist sein besitzer. Wir lassen sie nicht ins meer
springen. Sie hätten bleiben und einen trick finden können.
--- Erst als wir das schiff untersuchten, stellten wir fest, dass es sich bei der ladung um
orientalische parfums,kräuter und möbel handelte. Es gab auch einige kleider und viele
schmuckstücke.
--- Wir verkaufen ein paar sachen,sammeln geld und vermieten das gebäude.Wirhaben
Maison Arkonak Rhugen gegründet und hier sind wir.
--- Deshalb haben sie die parfümerie eröffnet. Es war die ladung eines erbeuteten
schiffes. - Sagte "Orion", mit lustigem ausdruck.
--- Auf hoher see kann man mitten in der nacht nicht viel wählen. - Sagte Sonja.
--- Nein, natürlich nicht. Was haben sie mit dem schiff gemacht?
--- Nachdem wir die ladung zum gebäude gebracht haben, bringen wir sie auf die hohe
see und lassen sie sinken. Keine hinweise.
        Rodolfo Azteca starrte seinen vorgesetzten an.
--- Kommandant "Orion", ich bin mir voll und ganz bewusst, dass wir gegen eine
vielzahl von regeln verstoßen haben und alle verantwortlichkeiten meines kommandos
voll und ganz übernehmen. Bevor wir uns jedoch für irgendetwas verantworten

mussten, war es meine Oberste Priorität, die sicherheit meines teams zu wahren. Ich konnte sie nicht in den Hyde Park bringen,ud sie von den Londonern lynchen lassen.Um ein gegenmittel zu entdecken, müssen wir zuerst am leben bleiben. Wenn wir entdeckt und zur Spionage abgeschoben werden, wird uns kein anderes neutrales Land empfangen. Ud in jedem land im krieg können wir wegen Spionage erschossen werden. Der dienst a einer Intergalaktischen Föderation scheint kein guter abschwächer zu sein.
--- Das, wenn die erdbewohner an Außerirdische glauben. Wenn nicht ... Fügte Chayse hinzu.
--- ... Hospiz und Asyl. - Sonja folgerte.
--- Ja. - Chayse schloss.
--- Das ist die situation, Kommandant "Orion". Ich werde alles tun, um das zu finden gegenmittel und bewahrt mein team. Und ich werde für alle taten antworten, die getan wurden. Aber nur wenn und wenn wir zurückkehren. - Fertig Rodolfo Azteca.
        Sabrina intervenierte, bevor "Orion" antworten konnte.
--- Entschuldigung,ich bin nur ein terraner-neuling und ein bisschen verwirrt.Sie haben ein wenig trainiert, um einen Kommandanten, eine Gräfin usw zu spielen.
--- Neurolinguistische Programmierung. Richtig.
--- Das. Sie wären wie schauspieler, die figuren spielen.
--- Richtig. Und jetzt finde ich heraus, dass sie wirklich ein Kommandant, eine Gräfin und alles sind. Ich habe es nicht verstanden. Bist du oder nicht?
--- Die Neurolinguistik schafft nichts und gibt ihnen auch nichts, was sie nicht mehr haben. Es hilft ihnen nur herauszufinden, was sie bereits haben. Es ist, als hätten sie bereits ein puzzle mit allen teilen gelöst,ud die Neurolinguistik hat ihne dabei geholfen, sie in ordnung zu bringen.
--- Das ist der grund, warum ein Veganer Kommandant einen Amerikanischen Kommandant darstellen kann, eine Gräfin Vorkotti eine Gräfin Russische. Vegan Officer kann sagen, dass er aus New York kommt.
--- Ein Vandarkischer Professor kann sich als Schweizer ausgeben, und zwei Polnische Leutnants könnten Afrikaner-Kanadier sein.
--- Alle halben wahrheiten, die überzeugen können.
--- Und halbe lügen, die entdeckt werden können.Es ist,als ob ich aus Brasilien stamme und meine wahre geschichte erzähle, aber als wäre ich aus Portugal. Ich könnte überzeugen. Aber wenn jemand mein leben in Portugal überprüfen würde, würde mich niemand dort jemals sehen.
        "Orion" hörte ihnen zu und vermied es, ihnen in die augen zu schauen. Kurz gesagt, immerhin.
--- Deine mission war es also, mit dem schiff mitten in einer großen stadt unterzukommen und millionen von menschen zu versklaven.
        Kracory griff ein.
--- Überhaupt gefragt, wie wunderbar? Ein haufen idioten,die auf einem platz umzingelt sind und versuchen, die Welt zu erobern?
--- Wie hieß diese Operation? - Fragte Sabrina.
--- Es hatte kelnen namen. Wahrscheinlich "Operation Idioten Lynchen". - Antwortete Sonja.
--- Was ist mit dem deutschen Kapitän Kausk? - "Orion" gefragt. --- Woher wusstest du,dass ein deutscher Geheimdienstagent in dieser nacht zu Konsulat kommen würde, um sie zu untersuchen?
--- Es war der logische abzug. Die "Anekdoten der Fischer", die in den Niederländischen zeitungen veröffentlicht wurden und über Außerirdische Schiffe sprechen, die nachts in der Nordsee fallen, diente als warnung. Es war klar, dass uns mehrere zeugen während

der landung gesehen hatten.

--- Die engländer dachten, es sei ein Zeppelin, ein verlegtes deutsches luftschiff, das ins meer fällt. Wir wussten,dass sie den ort weiter durchsuchen würden.Aber sie haben keine suchmaschinen, um Arkonak zu finden. Sie haben uns keine sorgen gemacht.

--- Aber die Deutschen wussten, dass es keiner von ihnen war. Und die Alien WorshipSekte, die Vrils oder Vin-Yas, hat in Deutschland sehr einflussreiche anhänger. Die außerirdischen gerüchte würden schließlich die Deutschen anziehen.

--- Also überwachen wir weiterhin ihre radiofrequenz. Nur für den fall.

--- Als Oberst Nicolai, Chef des Deutschen Geheimdienstes, eine nachricht aus Berlin an das Deutsche Konsulat in Amsterdam sandte, dass er einen Agenten aus Belgien entsende, beschlossen wir, auf ihn zu warten.

--- Dank der Parfümerie treffen wir viele Leute. Einige aus Belgien. Einige vom Belgischen Widerstand.

--- Es war nicht schwierig, die vollständige Kausk-Datei zu erhalten. Psychopathische Monster werden schnell berühmt.

--- Wir gingen zum Konsulat und warteten darauf,wen Berlin schicken würde.Und raten sie mal, wer da war? Das ist richtig Kausk pünktlich wie eine uhr.

--- Der rest steht im bericht, Herr. - Azteca schloss.

--- Es ist. Wenn der Konsul nicht so beschäftigt gewesen wäre, mit dem terranischen neuling zu flirten, hätte er in dieser nacht das gesamte Arkonak-Team auslöschen können.

Es herrschte stille. "Orion" fuhr fort:

--- Dein bericht ist erschreckend. Major Narodja warf steine und wurde erschossen. Es war kaum tödlich. Die Leutnants sprangen über eine mauer, und stürmten eine Diplomatische Vertretung. Azteca, Chayse und Kracory waren in der halle auf Deutschem Gebiet und versuchten, die ermittlungen zu verwirren. Und der Konsul bemerkte die fremdartigkeit der drei, die sich einer Parfümerie angeschlossen hatten. Ist ihnen in den sinn gekommen, dass der Konsul innerhalb des Konsulats die macht hatte, sowohl die drei als auch den Neuling zu verhaften? Nicht einmal die Niederländische Polizei hätte sie retten können. Innerhalb des Konsulats war der "Kaiser" Herr Osten. Sie waren viel glücklicher als das urteil.

Noch eine stille. "Orion" überprüfte seine berichte.

--- Soweit ich weiß, war der Neuling von allen ablenkungen, die sie in dieser nacht verursacht haben, der einzige, der funktioniert hat. Sie hat dich gerettet. Und sie hat auch recht mit etwas anderem.

Ihre halben lügen, die sich als Erdlinge ausgeben, sind auch nicht schwer zu entlarven. Niemand auf dem Planeten Erde kennt sie.

--- Ich stimme vollkommen zu. Sabrina ist sehr talentiert. Kann ich sie zum Leutnant befördern, oder ihr Kommando erteilen? - Roy Azteca fragte.

Sabrina protestierte:

--- Ich will auch nicht! Du gehst zu einem Kriegsgericht. Ich bevorzuge meine werbung auf eis.

--- Wenn sie schokoladenfüllung haben, unterstütze ich sie. - Sagte Kracory.

--- Nur was fehlte! Ein komplize dieses gierigen kleinen zwergs. - Sagte Jill.

--- Du bist ein chaot, das stimmt! - Widersprach dem zwerg.

--- Netter versuch, Roy. Ich glaube nicht, dass jemand auf deiner haut sein möchte. - Sonja gelacht.

"Orion" hörte sich alles an und gab vor, abgelenkt zu sein.Immerhin stand er ihnen gegenüber.

--- Nun lasst uns zur sache kommen. Das gegenmittel, für das sie sich entschieden haben. Hast du schon eine idee wo du bist?

Alle augen richteten sich auf Professor Kracory. Sogar Chayse drehte sein gesicht und lächelte den zwerg an.

--- Jetzt mal sehen, wer der wrap hier ist! - Sagte Jill und gab vor, wütend zu sein. Aber niemand konnte wütend auf Kracory werden.

Der kleine zwerg sah jeden an und sah, dass er umzingelt war. Er sah nach unten, als würde er mit seinen knöpfen sprechen.

--- Es ist nur eine theorie ... - Es begann, sich selbst zu rechtfertigen.

--- Bis bald! - Sie sagten alle, fast zur gleichen zeit.

--- Nach dem fall des Römischen Reiches war, Byzanz tausend jahre lang das handelszentrum der Welt. Jedes produkt aus dem Osten, bevor es nach Europa gelangte, hätte Byzanz passieren müssen, als die Hauptstadt des Imperiums noch Konstantinopel hieß. Für die Westlichen Christen hörte dies erst mit der übernahme der stadt durch die Osmanischen Türken im Jahr 1453 auf.

--- Wir haben schon darüber nachgedacht. - Sagte Azteca. --- Wenn die gegengiftzutaten danach in Europa angekommen wären,wären sie direkt durch Venedig gegangen.

--- Wir ziehen aber keine andere möglichkeit in betracht. Die schwedischen Wikinger kamen über den Dnepr nach Konstantinopel / Istanbul und machten auch nach dem fall der stadt geschäfte mit den Osmanen. Erst das Geschäft, dann die Religion.

--- Hatten sie eine alternative route? - Fragte Sonja.

--- Es ist möglich. Der Dnjepr ist das ganze Jahr über befahrbar.Und es geht fast direkt von Schweden bis zum Schwarzen Meer und durchquert Russland.

--- Irgendwelche Einkaufszentren?

--- Kyiw. Fast zu dieser zeit war es die Hauptstadt eines unabhängigen slawischen Königreichs.

--- Ich habe gesehen, dass ich mitfahren will. Ich bin der Russe der Mannschaft. Sabrina, ich glaube nicht, dass dein deutscher akzent dort sehr erfolgreich sein wird. Chayse bleibt bei ihnen hier im Maison. Und diesmal ist es echt. Keine "Heißen" oder "Kalten" spiele für ihn zum mitnehmen. Wir gehen nicht zum empfang im Konsulat.

--- Ich verstehe. Ich habe vom leben im Russischen Reich gehört. Auch vor dem krieg hatten die diener nichts zu verlieren, "außer ihren fesseln". Stell es dir jetzt vor. Wir kümmern uns um alles, bis sie zurückkommen.

--- Chayse, was denkst du?

--- Ich glaube nicht, dass sie fünf noch jemanden entlassen können. Sabrina und mir wird es gut gehen.

--- Ich bin sicher, dass sie schmerzlich vermisst werden.

--- Mach dir keine sorgen um mich, Kommandant. Ich habe auch den witz über den blinden gehört, der bei der schießerei verloren gegangen ist. Außerdem durfte mir Sabrina das brasilianische grillrezept geben.

--- Großartig. Sie haben sich also bereits entschieden, nach Kyiw zu fahren. - Sagte "Orion".

Der Konteradmiral hatte geschwiegen, das gerät eingeschaltet und alles vom Monitor aus beobachtet. Ich wollte sehen, wie das Team funktioniert. Die ArkonakCrew war eine familie. Wer kämpfte für pralinen und eis.Und zu versuchen,das zu retten,was von der menschheit übrig war, als wäre es das natürlichste im Universum.Sie sprachen davon, in eine sehr gefährliche stadt zu fahren und nach einer nadel im heuhaufen zu suchen, die sie vor fast tausend Jahren verloren hatten, als wären sie ein picknick im park.

Es gab keine garantie, dass sie erfolg haben würden. Aber sicher konnte ich kein besseres Team finden, um das gegenmittel zu finden.

"Orion" hörte ihnen zu und dachte über ihre möglichkeiten nach. Das Geschwader war eine Streitmacht. Er hatte im grunde die möglichkeit, angriffstruppen zu entsenden,u alles auf seinem weg in die luft zu jagen.Damit dies jedoch geschehen konnte, musste ein Geheimdienstjob vorhanden sein. Bevor sie ein ziel angreifen, müssen sie es lokalisieren, zuordnen und die variablen einer solchen Operation berücksichtigen.

Es war ihm klar, dass die Operation Arkonak ein berg der arroganz war und von anfang an zum scheitern verurteilt war. Es war ein wunder, dass sie weder gefangen, noch getötet wurden.

Dies liegt jedoch viel mehr an ihren individuellen fähigkeiten und ein paar glücklichen momenten als an der strategischen planung.

Aber jetzt war seine situation vor ort sehr schwierig.Sie waren noch am leben und aktiv, aber völlig umzingelt

Rodolfo Azteca hatte recht. Bevor sie vor ein Kriegsgericht gestellt werden könnten, müssten sie erst noch lebend gerettet werden. Und diese sorge,auf jeden fall, wäre es lächerlich. Wenn sie das gegengift mitbrachten,waren sie Helden und bekamen medaillen. Wenn sie nicht mitbrachten, würde es vielleicht keine richter mehr geben,die sie beurteilen könnten.

Es gab weder zeit, noch bedingungen, um ein anderes schiff zur Erde zu schicken. "Orion" konnte sich nur auf die "Matrix" verlassen, einen gigantischen Sternenkreuzer im Erdorbit, von dem die Fregatten der Arkonaken abgezogen waren.

Jetzt wusste er, dass die Arkonak-Fregatte 1 vorerst in sicherheit war, tief in der Nordsee versteckt und sein menschliches Team in Amsterdam gut verdeckt war. Und immer noch bereit, die mission fortzusetzen.

Immerhin war die situation immer noch viel besser, als ich es mir vorgestellt hatte.

"Orion" wusste, dass seine mission schrecklich war. Das leben von hunderten von millionen menschen hing davon ab, ob er diesen 7 personen vertraute oder nicht.

Mit ausnahme von Sabrina wussten die anderen 6, was auf dem spiel stand. Also versuchten sie, lässigkeit vorzutäuschen.

--- Wie ist die situation in der Föderation? - Fragte Azteca.

--- Der krieg ist vorbei. Es gab ein Waffenstillstandsabkommen. Vega - Centaur und Polaris haben gewonnen. Aber Vandarkia hat noch viel erhalten. Ein Friedensvertrag wird ausgehandelt.

--- Deine mission ist also vorbei? - Fragte Sabrina.

--- In der atmosphäre verstreute giftige gase halten sich nicht an Vereinbarungen. Sie verbreiten und töten menschen seit generationen. Wir brauchen das gegenmittel dringend, nicht nur, um die im krieg kämpfenden und ihre familien zu retten.Aber auch ihre kinder und enkelkinder.

--- Ist die situation so ernst?

--- Viel mehr als du dir vorstellen kannst, Sabrina.

--- Ich glaube, ich habe den drang verloren, auf deinem raumschiff eis zu essen.

Chayse lächelte.

--- Du bist jung und das leben ist kurz, Sabrina. Was sein muss, wird sein. Aber wir werden unser bestes geben. Und lassen sie uns das eis zusammen haben. Du bist mein gast.

--- Genieße, dass Chayse zahlt, Sabrina! - Sagte Kelly. --- Chayse ist fast so gemein wie der Kommandant.

--- Schön, dass sie militärische disziplin mögen, Lieutenant Falsburg. Wir werden viel zu besprechen haben, wenn sie zurückkehren. Sie werden entlassen. Sinn!

Nur der Kommandant Azteca erhob sich von seinem stuhl und salutierte.

--- Sind Sie der einzige anwesende soldat, Kommandant?

--- Herr, Major Narodja und die Leutnants Falsburg ud Dalshin sind unter zivilkleidung. Wenn ihre militärische identität offenbart wird, sind sie lebensbedrohlich. Ich nehme total an verantwortung für ihr verhalten.

"Orion" starrte ihn an. Es war, als würde man ein paar Jahre jünger in den spiegel schauen.

--- Wir werden darüber reden, wenn sie zurückkehren, Kommandant Azteca.Verzichtet.

--- Einen moment, Herr „Orion". - Fragte Sabrina.

Der Konteradmiral stand dem irdischen zivilen neuling gegenüber.

--- Nur "Orion". Wollen sie etwas hinzufügen, Fräulein?

--- Hier auf der Erde gibt es so etwas wie "Polizei". Polizeibeamte untersuchen den hintergrund verdächtiger personen. Viele leute vermuten uns. Sie werden Russland, Amerika, Kanada und die Schweiz nach der vergangenheit aller durchsuchen. Wenn sie nichts finden, sind wir in großen schwierigkeiten. Sie werden wissen wollen, woher sie kommen.

--- Das ist wahr. Ein Niederländischer Kommissar hätte uns fast erwischt, weil wir nicht wussten, wie man ihre uhren trägt. - Sonja bestätigt.

--- Hast du mit deinen verkleidungen gefälschte dokumente bekommen?

--- Wir erhalten, nur als sicherheitsmaßnahme zu verwenden. Wenn Arkonak zerstört würde, sollten wir uns unter die Terraner mischen und auf die rettung warten. Aber es reicht schon, um auf der straße laufen zu können. Sie würden einer gründlicheren untersuchung der quellen nicht widerstehen.

--- Trotzdem ist es uns gelungen, das gebäude zu mieten und den laden mit diesen papieren zu verlegen. - Sagte Kracory.

--- Was sagen sie, Kommandant Azteca?

--- Wir wissen nicht, wie lange wir hier bleiben müssen. In der zwischenzeit werden sie uns untersuchen. Wir müssen zeit kaufen. Wir können jederzeit gefangen werden.

„Orion", dachte er. Es war ein weiteres problem, das missionsstrategen nicht in betracht zogen. Die Erdenbürger von 1915 waren sehr verachtet.

Die missionsplanung war mit fehlern behaftet. Es wurde angenommen, dass die Terraner bereits im Krieg für ein friedensabkommen prädisponiert wären. Natürlich stellten sie sich dies aus ihrer persönlichen erfahrung in einer Intergalaktischen Föderation vor, die Millionen von Lichtjahren vom Planeten Erde entfernt war.

Sie dachten, die erdbewohner würden kapitulieren, sobald sie die Androiden sahen. Sie setzen auf die auswirkungen des elements der überraschung und die militärische überlegenheit am punkt der ausschiffung. Es wäre ein vernünftiger plan, wenn sie zuerst wüssten, wo genau das gegenmittel war.

Allein die tatsache, dass sie Frauen, alte Männer, Blinde und Zwerge geschickt hatten, bedeutete, dass sie vorhatten, die sympathie der besatzung durch das zeigen von waffen zu gewinnen. Im zweifel zwischen "Sprich leise" und "Nimm den club",taten sie nichts richtlg.

Die möglichkeit von dass das Team auf unbestimmte zeit auf der Erde, bleiben musste, war nicht in betracht gezogen worden.

Alle regeln waren bereits gebrochen. Wenn es ein Kriegsgericht gäbe, hätten die richter weiße haare.

"Orion" dachte über die situation nach. Als der neue Chief Executive damit beauftragt wurde, dieses chaos zu beseitigen, war ihre größte sorge nur eine: das gegengift zu finden und "Die Kinder nach Hause zu bringen".

--- Sehr gut. Ich werde die "Matrix" auslösen, um dich dort vor ort zu unterstützen. Sie schicken Support-Teams, um ihre neuen geschichten zu erstellen. Später senden wir ihnen die skripte zu, die sie zum dekorieren erstellen. Es wäre sehr schlimm, wenn sie die uhrentypen ihrer Terranischen großeltern verwechseln würden.Wie üblich sollten sie keinen kontakt zu einem mitglied des Support-Teams haben. Und umgekehrt.
--- Sicherheitsmaßnahme. Es wäre sehr seltsam für einen fremden, so viel über meine vergangenheit zu wissen. - Azteca stimmte zu.
--- Sonst noch was? Nein? Großartig. Willkommen an Bord, Terraner. Verzichtet.
        Die videokonferenz ist vorbei. Sabrina sah die klasse an.
--- Ist es mein eindruck oder sind wir alle in schwierigkeiten?
        Alle sahen den terraner an. Sie war kein soldat, sie musste nichts davon durchmachen. Aber das war jetzt ihre familie. Wenn sie in schwierigkeiten steckten, gehörten sie auch dazu.
        Sonja umarmte sie an den schultern.
--- Es ist durchaus möglich. Aber das werden wir nur in Kyiw herausfinden.

Kapitel 2

"Der „Alte" Ist Depressiv, „Big"."

"Ich wurde verrückt nach langen perioden schrecklicher geistiger gesundheit."

Edgar Allan Poe, amerikanischer Schriftsteller.

Das Britische Konsulat in Amsterdam befand sich am rande des Kanals, und hatte einen wunderschönen blick auf die Amstel.

Die sekretärin warnte Benjamin Kostler vor dem besuch seines alten freundes, und "Big Ben" wartete an seiner bürotür.

--- Terry, du alter schlingel! Wo warst du?

--- Ärger bekommen, „Big". Und wie ist ihr leben als Handelsattaché?

--- Ich habe auch spaß gehabt. Terry Audrey! Wie lange setz dich, trink was?

--- Ein whisky mit eis, um den tag gut zu beginnen.

--- Terry, Terry. Immer das gleiche. - Sagte "Big", serviert seinem freund, sitzt auf einer couch. --- Ich habe gehört, dass du spaß in Italien hattest. Sind sie gut?

--- Die Italiener sind mit uns in den krieg eingetreten, was eine große sache war. Sie schießen auf die Österreicher,nicht auf uns.Lass es uns einen schritt nach dem anderen machen.

--- Du hast absolut recht. Sie und die jungs haben einen tollen job gemacht. Herzlichen Glückwunsch.

Terry Audrey lächelte. Es war das stereotyp des filmspions. Groß,stark,elegant und gut im kämpfen. MI6 außendienstmitarbeiter bereiste die Welt mit der fassade eines amerikanischen unternehmens. Nach modernen maßstäben etwas altmodisch, aber in den 1910er Jahren verkörperte er den traum eines typisch amerikanischen bürgers der mittelklasse. Er reiste auf luxusschiffen der zweiten klasse, übernachtete in luxushotels, aber in den billigsten zimmern.

Die art, die vertrauen erweckte und denen die leute in tavernengesprächen geheimnisse erzählten.

Er war viele Jahre mit "Big Ben" Kostler befreundet und sie hatten viele lustige abenteuer zusammen.

Aber Terry Audrey schie nichts komisches zu sagen zu haben.Er sah besorgt aus und beobachtete Kostler genau, als wäre er ein überbringer schlechter nachrichten.

--- Du scheinst auch spaß hier in Amsterdam zu haben, „Big".

Kostler lächelte. Der feindliche angriffsalarm hatte bereits ausgelöst, als der sekretärin den besucher angekündigt hatte. Terry war nicht der typ für höflichkeitsbesuche.

--- Amsterdam ist eine sehr schöne stadt. Und das Rotlichtviertel macht viel spaß. Du solltest ihn kennen.

--- Du bist immer noch derselbe, „Big". Frauen, immer Frauen.

Sie lachten beide. Kostler starrte seinen kollegen an.

--- Was genau hat dich hierher gebracht, Terry?

--- Ich habe gehört,dass du mit de Frauen aus Amsterdam sehr gut zurechtgekommen bist, "Big". Genauer gesagt, mit drei mitarbeitern einer bestimmten Parfümerie.

Sie lachten beide.Terry Audrey war wegen ihne nach Amsterdam gekommen! Wie die nachrichten gehen!

Kostler holte tief luft und lehnte sich in seinem stuhl zurück. Hinter dem schreibtisch.

---"Maison Arkonak Rhugen. Edle Parfums für Damen und Herren". Ich wusste nicht, dass du dich so für parfums interessierst, Terry.

--- Ich auch nicht. Bis du nach London gehst und mit dem "Alten Mann" sprichst. Was weißt du über diese leute, "Big"?

"Der Alte Mann". So verwiesen Agenten auf Mansfield Cumming, Geschäftsführer von MI6. In seiner abwesenheit natürlich.Jeder liebte,hasste und hatte angst vor Cumming. Das "Alte" war russisches roulette.

--- Alles was ich weiß, habe ich in den bericht geschrieben. Sie haben meinen bericht gelesen und wissen, dass es sich um personen handelt. Sie sind also besser informiert als ich. Ich kann mir immer noch keine meinung darüber bilden.

--- Der "Alte" zeigte mir seinen bericht. Und die ermittlungen,die er durchgeführt hatte. Ich habe dir von allem eine kopie gebracht.

Audrey stand von der couch auf, ging zum "Big" tisch und öffnete die aktentasche ihres verkäufers. Er legte ein paar papiere auf Kostlers schreibtisch. Auf dem cover befindet sich eine "Vertrauliche" briefmarke.

Das war ganz das gesicht des "Alten Mann". Es könnte entweder einen schreibtisch mit papieren füllen oder ihn über das telefon entlassen.

--- Ich dachte immer, dass du in deiner aktentasche nur bier trägst, Terry.

Terry Audrey ging zum fenster. Er musste frische luft atmen, und die aussicht auf die Amstel war wunderschön.

--- "Alter Mann" hat all diesen papierkram gelesen und war deprimiert, "Big". Deprimiertes Mansfield! Können sie sich den depressiven "Alten Mann" vorstellen? Er möchte, dass sie diese Parfümeure beobachten.

--- Ich werde all diese unterlagen sehr sorgfältig lesen, Terry. Aber kurz gesagt, was hat das "Alte" depressiv gemacht? Und sie scheinen auch depressiv zu sein. Auf diese Weise mache ich mir langsam sorgen. Was haben sie herausgefunden?

Audrey drehte sich zu Kostler um, den rücken zum fenster.

--- Der "Alte" ließ seine freunde der Parfümerie untersuchen. Sie hatte nicht erwartet, viel zu finden. Aber wie sie sagten, der Kommissar misstraute ihnen, ich wollte auch einen blick darauf werfen. Es fing am einfachsten an. Die beiden angestellten aus Cape Kolony und Kanada sind töchter englischer Offiziere.Hier sind die kopien der akten ihrer eltern, die ihm der "Alte" geschickt hat.

Kostler sah sich die papiere an,mit de zeichen von zwei englischen offizieren. Auf den ersten blick kopien.

--- Es ist alles da. Leutnant John Dalshin der Infanterie. Kapitän John Falsburg von Intendance. Sie heirateten in Cape Kolony mit zwei töchtern von bauern. Und jedes paar hatte ein einzelkind namens Jill und Kelly. Sie wurden zur gleichen zeit nach Kanada verlegt. Gleichzeitig wurden sie verwitwet.Und sie starben zur gleichen zeit.Das John-John-Duo war in allem identisch, auch in namen. Dann zündete er das warnsignal an.

--- Zu viele zufälle. Geschichten gemacht. - Abgeleiteter Kostler.

--- Aber es war ein sehr guter job. Bataillone, transfers, standorte von einheiten, beförderungen, berichte, alles gibt. Die abteilungsstempel, die unterschriften der verantwortlichen, alles perfekt! Wer dies getan hat, kennt die interne bürokratie des Kriegsministeriums sehr gut und verfolgt seit mindestens 30 jahren jede bewegung unserer truppen. Das John-John-Duo war fast perfekt.

--- Das ist das problem nahezu perfekter pläne. Es ist das "fast".

--- Die "Alten" sahen viele zufälle und beschlossen, den spieß umzudrehen. Wurde verrück. Es gab einen verrückten knall. Er rief unsere mitarbeiter in der Brasilianischen Botschaft in Rio de Janeiro an. Und er ließ seine freundin Sabrina untersuchen.

"Big Ben" verschleierte die aufregung gut. Er wollte kein besonderes interesse zeigen. Aber er ging die papiere genauer durch. Er fand zwei getippte blätter. Ein starker kontrast zu den riesigen John-Johns-token.
--- Ist es das? – "Big" fragte, nicht zu verstehen.
    Terry Andrey starrte "Big" an.
--- Die Brasilianische Regierung weiß kaum, dass es dieses mädchen gibt. Aber es war nicht schwer, etwas über sie zu wissen. Ein hübsches mädchen, das in Rio de Janeiro deutsch spricht, fällt auf. Sie verkaufte süßigkeiten von tür zu tür und reiste mit dem Schiff "Coburg" hierher. Wir fanden das grab ihrer mutter. Wir fanden die pension, in der sie wohnten, und sprachen mit dem nachbarn. Die Frau hat alles erzählt.
    Terry ging im büro auf und ab und betrachtete die gemälde an den wänden.
--- Mutter und tochter flohen in einem wagen aus Rio Grande do Sul, nachdem ihr haus in brand geraten war. Die mutter wusste, dass es ihre tochter war, und sie hatte angst, dass ihre tochter verhaftet würde. Deshalb hat er so hart gekämpft, um Sabrina aus Brasilien herauszuholen. Als sie in Rio de Janeiro ankam, entdeckte Frau Helberg, dass sie krebs hatte. Ich rannte gegen die uhr. Sie arbeitete wie verrückt, prostituierte sich bei einem anwalt und weinte nachts heimlich, damit ihre tochter es nicht bemerkte.
    Terry kehrte zum fenster zurück. Er war sichtlich gerührt.
--- Das ist es, was menschen aus fleisch und blut tun, "Big". Lauf weg, verstecke dich, weine schlau. Das erfährst du nicht im Regierungsordner. Das erfährst du, indem du mit dem nachbarn der pension sprichst.
    Terry vervollständigte seinen whisky.
--- Das war der fehler des Duos John-John. Es gibt zwei „Weihnachtsbäume", die schön anzusehen sind, aber am ende der akte vergessen werden sollen. Zwei mittlere offiziere, keine großen befehle, keine großen taten. Nichts, was auffiel. Zugeschnitten darauf, gesehen und ignoriert zu werden. Ihr großer fehler war, dass sie mit echten menschen verglichen werden mussten. Dann wurde der "Alte" für immer verrückt.
--- Was hat der "Alte" gemacht?
--- Er schickte nach den veteranen dieser bataillone. Welcher soldat erinnert sich nicht an seinen Kapitän und seinen Leutnant? Er wollte etwas über ihr privatleben wissen. Haben sie viel getrunken? Haben sie karten gespielt? Hatten sie liebhaber im bordell? Diese männer hätten jahrzehnte ihres lebens in unserer baracke unter unserem dach verbracht. Wir sollten alles über ihre sucht und begeisterung wissen. Kämpfe in der bar, glücksspiel, trunkenheit an ihren hochzeitstagen, alles.
--- Und das ergebnis?
--- Nichts. Kein veteran hat jemals von einem der John-Johns gehört. Wussten sie, dass Mansfield kindergeschichten mag? Seine mutter las ihm als kind geschichten vor. Mansfield war ein kind! Glaubst du das sein favorit ist "Schneewittchen und die Sieben Zwerge". Das wusste ich nur bei unserem letzten date.
--- Wirklich, Terry? Dann wird er die Parfümeure mögen. Sie haben dort einen zwerg. Lehrer Kracory, Kunstfachmann.
--- Aber "Alter" mag die Hexe mehr. Es ist eher wie er. Du musst ihn gesehen haben, "Big". Der "Alte" las die John-Johns-Berichte und stand vor einem spiegel vor seinem büro. Er breitete die arme aus, als wollte er fliegen. Ich schwöre, ich hatte angst.
    Während er sprach, stand Terry mit ausgestreckten armen vor dem fenster ud ahmte Mansfield nach.
--- Dann, fragte er den spiegel mit sehr dicker stimme: „Spiegel, mein Spiegel! Gibt es einen klügeren Spionagemeister als mich? Jemand, der diese beiden „Weihnachtsdekorationen" im Kriegsministerium, in London anpflanzen könnte? Könnte jemand so etwas tun, um zwei angestellte aus einem geschäft in Amsterdam zu

vertuschen? Und wenn es jemand für zwei untergebene tun könnte, stellen sie sich vor, was er nicht tun würde, um einen US Navy Kommandant, eine Gräfin, ein Mitglied des Russischen Adels, einen blinden Detektiv der New Yorker Polizei, und einen Lehrer für Zwergkünste in der Schweiz? Spiegel, Spiegel von mir! Gibt es einen anderen spion,der verrückter ist als ich?"

Terry blieb stehen, um "Big" anzusehen, und fügte hinzu:
--- Weißt du, was sein Spiegel geantwortet hat? "Jaaaaa!" Deshalb ist Mansfield depressiv, „Big". Das "Alte" ist sehr empfindlich.

"Big Ben" Kostler konnte nicht aufhören, über die leistung seines freundes zu lachen.
--- Terry, Terry, hast du jemals darüber nachgedacht, ins Theater zu gehen?

Sie lachten zusammen,wie in den alten tagen der Homeric binges und binges.

Dann herrschte stille. Beides skaliert den schweregrad der situation.

Das Kriegsministerium in London war einer der am besten erhaltenen Orte der Welt. Von dort wurde eine Armee befohlen, deren soldaten das Größte Reich Verteidigten, das die Welt je gesehen hatte. Das Britische Empire, wo die „Sonne nie unterging".

Jeder, der es geschafft hatte, hineinzukommen und zwei "Weihnachtsbäume" zu pflanzen - slang für gefälschte dokumente -, konnte zu allem fähig sein.

Und die tatsache, dass er dies getan hatte, um zwei - anscheinend - einfache angestellte zu beschützen, machte die situation noch beängstigender. Was könntest du noch tun, um andere zu vertuschen?
--- Was will Mansfield von uns? - Fragte "Big Ben".
--- Sie sollten die parfümeure im auge behalten. Laden sie die mädchen ein und zeigen sie ihnen einige bilder. Sehen sie nach, ob sie ihre eigenen eltern, ihr eigenes zuhause, solche dinge erkennen. Mischen sie die fotos und prüfen sie, ob sie die John-Johns verwirren.
--- Das bild seines eigenen vaters nicht zu erkennen, wäre seltsam. Aber wir haben ein problem. Offiziell, bin ich nur ein Botschaftsattaché. Er hätte keinen zugang zum MI6material haben können, wenn er kein spion gewesen wäre.
--- Wirklich. Sie würden abgeschoben werden. Mansfield wurde so verrückt, dass er nicht einmal darüber nachdachte.
--- Ich kann sie im auge behalten. Aber, wenn ich bilder zeige, ich müsste erklären, wie ich sie bekommen habe. Kommissar Hinca weiß, dass ich ein spion bin. Als wir freunde sind, macht er ein auge zu. Aber wenn ich aus der leitung komme, wird es mich nicht vertuschen. Zwischen unserer freundschaft und ihrer aufgabe als Polizist fällt, ihm die wahl leicht. Ich kann dich nicht in verlegenheit bringen.
--- Mansfield hat bereits unsere leute angerufen.In Amerika,Russland und der Schweiz. Wir sollten bald neuigkeiten haben.
--- Um mit Jill und Kelly zu sprechen, müssen wir ein paar tage warten. Die mitarbeiter besuchten einen Parfümhersteller.Nur Sabrina und Chayse,die blinde Detektivin,blieben zurück. Die anderen nahmen ein schiff nach Göteborg, Schweden. Von dort fahren sie mit dem zug nach Stockholm. Und noch ein schiff nach Sankt Petersburg.Von dort geht ein boot runter und der Dnepr nach Kyiw.

Terry lachte.
--- Wissen sie, dass sie ein englischer Agent sind, „Big"?
--- Mit ziemlicher sicherheit.
--- Fanden sie es nicht seltsam, dass sie ihnen ihre gesamte reiseroute geben? Sie könnten die Schweden oder die Russen warnen.

Kostler schüttelte zustimmend den kopf.

--- Es ist ein vergifteter apfel. Ich hätte es lieber nicht gewusst. Wenn ich jemanden warne, muss ich offenlegen, dass ich ein spion bin, und ich werde aus den Niederlanden abgeschoben. Wenn sie niemanden warnen, werde ich mich an ihnen beteiligen, wenn sie in der zukunft erwischt werden. Sie sahen, wie ich mich Sabrina näherte, und sie wollten mich in ihren händen haben.
--- Um sie des spionierens zu beschuldigen, müssen wir zuerst wissen, für wen sie arbeiten. Irgendeine idee,wer diese leute geschickt hat? Die Deutschen?Die Franzosen? Russen, Österreicher ...
--- Ich habe keine ahnung. Ich frage nur nach Mansfields "Spiegel, mein Spiegel".
--- Wie lange wollen sie weg sein? - Fragte Audrey.
--- Erwarten sie, in einer woche zurückzukehren. Es ist eine komplizierte reise in kriegszeiten. Was denkst du, Terry?
--- Je weniger du weißt,desto besser "Big". Pass einfach auf deine freundin Sabrina auf.

XXXXXXXXXXXXXXXXXXXXXXXXXXXXXXXXXXXXXXXXXXXXXX

--- Bist du sicher,dass wir ausgeraubt werden? - Fragte Sabrina und stellte eine weitere falle.
--- Absolute gewissheit. - Chayse antwortete und öffnete eine andere box.
--- Und wie können sie sicher sein, dass es heute abend sein wird?
--- Durch das zeitfenster gaben wir Kostler. Eine woche. Wenn sie gestern,in der ersten nacht, angegriffen hätten, wäre das sehr offensichtlich. Aber heute, in der zweiten nacht, könnten die angreifer bereits sagen, dass sie zwei tage lang zugesehen haben, wie der laden umgezogen ist. Sie sahen eine wunderschöne Parfümerie mit nur einem alten blinden mann und einer frau. Der traum eines jeden banditen.
--- Aber wir haben den laden geschlossen und ein "Wegen Schaukel Geschlossen"
--- Um zu verhindern, dass echte bösewichte uns besuchen kommen. Nur Kostler weiß, dass die anderen nicht hier sind.
--- Wenn ich weiß, dass "Big" etwas zu tun hat ...
        Chayse lachte.
--- Oh, Nein. Er wird nur seinen MI6-Chefs bericht erstatten. Deine freunde werden den falschen angriff vorbereiten. Er wird der letzte sein, der es weiß. Wenn sie mit ihnen zusammenarbeiten, werden sie auch für sie nicht zuverlässiger.
--- Aber wird es nicht komisch erscheinen? Wenn es eine geschäftsreise war, sollten die digentümer gehen. Vielleicht Kracory, um die etiketten zu sehen. Aber nehmen sie die beiden angestellten? Sind Kommissar Hinca nicht misstrauisch?
        Chayse öffnete ihr lächeln noch weiter.
--- Es war die vorsichtsmaßnahme der Gräfin,sie beide hier rauszuholen.Sie waren sehr exponiert. Ihre sogenannten terranischen geschichten, die töchter englischer offiziere, ließen sich am leichtesten stürzen. Anstatt einen raubüberfall zu schmieden, um in die parfümerie einzudringen, konnten sie beide auf der straße entführen. Sie könnten sie foltern und sogar töten, um herauszufinden, für wen wir arbeiten. Hier sind wir, zumindest wenn sie nach einem funksender suchen, in unserem gebiet.
        Chayse saß in ihrem lieblingsstuhl.
--- Ich verrate dir ein geheimnis, Sabrina. Unsere mission war von anfang an eine planungskatastrophe.
--- Wirklich? Wie habe ich das vorher nicht realisiert? - Der Brasilianer lachte spöttisch.
--- Du hättest viel spaß mit unserem ursprünglichen plan gehabt. Wir würden über London fliegen, wenn der Kommandant England wählen würde. Wir würden 3500 Android-Roboter in der Stadt starten und von ihnen verlangen, uns das gegenmittel zu

geben. So einfach ist das. Um den plan zu verbessern, hatten wir immer noch einen korrupten Chemiker, der giftige gase über die Stadt werfen wollte.
--- Android-roboter. Ich habe mal was ähnliches gesehen. Es war an der tür eines spielzeugladens. Ein mann in einem blechanzug zog kinder an. Aber er war ein arbeitsloser schauspieler, der einen schilling am tag verdiente.
--- Unsere sind echt. Sie sind maschinen mit menschlicher form, kopf, armen und beinen. Sie werden durch funkwellen besonderer art gesteuert.
--- Wenn es nur maschinen sind, warum die menschliche form?
--- Um die kommunikation mit menschen zu erleichtern. Um zu verstehen,was"fangen" ist, braucht er hände. Um zu "gehen", muss er beine und füße haben und so weiter.
    Sabrina dachte ein bisschen.
--- Die kinder hatten keine angst vor Tin Man im Spielzeugladen. Im gegenteil die kinder haben sich über ihn lustig gemacht,ihn gepackt... es war ein heroisch verdienter schilling.
    Sie lachten beide und Sabrina fügte hinzu:
--- Wenn die Engländer wie kinder gehandelt und ihre androiden geschlachtet hätten, hätten sie von den Londonern gelyncht werden können.
--- Das war "Heiß", Sabrina. Es kochte vollständig. - Sagte Chayse, erinnerte sich an das lieblingsspiel des mädchens und versuchte dinge zu erraten. Wenn es nah wäre, wäre es "Heiß". Wenn es weit weg wäre, wäre es "Kalt". --- Aber wir hatten nicht viele möglichkeiten. Unsere einzige möglichkeit war, die koordinaten des landeplatzes zu ändern und tief in die Nordsee einzutauchen.
--- Nur Option? Was, wenn sie irgendwohin auf dem land gingen?
--- Arkonak luken würden sich automatisch öffnen. Die androiden würden vom schiff aussteigen und ...
--- ... und eine fuchsjagd für die englischen farmen starten. Und sie müssten ein 171meter-schiff verstecken. Es wäre schwierig, scheunen dieser größe zu finden. Ja, ich denke, sie würden nicht um 5 uhr zum tee eingeladen werden. Während, wenn das raumschiff auf den grund des meeres ging ...
--- Wasserdruck würde das entriegeln der türen verhindern. Und die roboter würden an ort und stelle bleiben.
--- Wie bist du zu einer solchen mission gekommen,Chayse? Wie planen sie eine solche mission? In eine Stadt einbrechen, millionen von menschen versklaven und dinge fordern? Und sie müssen nicht einmal ein militärgenie sein, um zu erkennen, dass sie nicht die am besten geeignete gruppe sind, um in städte einzudringen. Wie hätte jemand gedacht, dass ein solcher plan funktionieren könnte?
    Chayse lächelte.
--- Sie haben das alles gerade deshalb beschlossen, weil sie sich nicht als "Militärisches Genie" bezeichnet haben. Es wird nicht durch stolz, arroganz, ehrgeiz geblendet. Sie werden nicht von einem falschen gefühl der macht geblendet. Du denkst nicht,dass alle deine pläne narrensicher sind, nur weil die anderen müll sind und du der besitzer der wahrheit bist. Wie kann man blinde männer, zwerge, frauen ud maschinen aussenden, um menschenmengen zu versklaven?
    Chayse dachte:
--- Die antwort ist einfach. Schließen sie sich in einen luxuriösen, goldfarbenen schrank ein, der von schmeichlern umgeben ist. Und die realität aus den augen verlieren. Verwerfen sie alles, was sich von ihnen oder ihren wünschen unterscheidet. Dort hast du das rezept für einen todsicheren Plan. Schicke ein Müll-Team,um einen MüllPlaneten zu beherrschen. Der Plan sieht perfekt aus,weil der müll irgendwann mit dem müll

auskommt und sie am Ende alles bekommen,was sie wollen. Weil du denkst,du bist ein Genie.
--- Du, aus der Zukunft des Universums,hast dich überhaupt nicht verändert.Sie haben nur adressen und fugblätter an der wand gewechselt.
--- Ah, wir tun es, ja. Wir haben mehr geräte erfunden, um dumme dinge zu tun.
--- Jetzt verstehe ich. Sie wurden auf selbstmordmission geschickt, weil sie verfügbar waren. Sie sind gekommen,weil sie Idealisten sind,und sie wissen,dass das gegenmittel von grundlegender bedeutung ist. Aber derjenige, der sie geschickt hat, dachte, dass die giftigen gase nicht so ernst sind. Sie haben dich nur geschickt, um wie wohltäter auszusehen. Es war nur eine Werbekampagne.
--- Genau.
--- Wenn sie versucht hätten, die Stadt zu regieren, und gestorben wären, wäre die inkompetenz ihre. Aber sie haben die mission abgebrochen, überlebt und die planer denunziert. Jetzt müssen sie dich retten, um den schein zu wahren. Wenn sie nicht zurückkommen, wird es ein politischer skandal sein.
--- Ich habe gesehen,dass sie 1915 bereits alles über die politiker der Intergalaktischen Föderation wussten.
--- Ich habe alles von den stadträten und dem bürgermeister aus de inneren Brasiliens gelernt. Ein haufen trickser und betrüger. Okay, ich habe die fallen erledigt.
--- Sehr gut. Warten wir jetzt auf unsere nächtlichen besucher. - Sagte Chayse und erhob sich von seinem stuhl.

XXXXXXXXXXXXXXXXXXXXXXXXXXXXXXXXXXXXXXXXXXX

  Es war gegen 2 Uhr morgens, als jemand anfing, das schloss an der tür von Maison Arkonak zu öffnen.
  Das schloss gab nach wenigen präzisen bewegungen nach und die angreifer betraten die Parfümerie.
  Etwa eine halbe stunde später klingelte Hubert Hincas haustelefon. Alter des Häuptlings.
--- Kommissar, - Sagte der anrufer, --- Sie haben gerade versucht, in die Parfümerie einzudringen. Sie haben ihn vor etwas merkwürdigem gewarnt.
--- Umgib den ort. Tu nichts, bevor ich ankomme. Ich gehe direkt dorthin. - Erwiderte der Kommissar, sprang aus dem bett und zog sich an, so schnell er konnte.
--- Ist etwas passiert? - Fragte seine Frau schläfrig.
--- Sie haben versucht, in Maison Arkonak einzudringen. - Er antwortete.
--- Ah, die Parfümeure. - Sagte die Frau, wieder einschlafen.
--- Was mich betrifft, ist das verb "versuchen".
  Hinca bestellte ein auto, parkte auf der straße und stand eine stunde später vor der Herengracht Nr. 469, Maison Arkonak Rhugen.
  Es gab eine gruppe von ungefähr 20 neugierigen leuten an der Parfümerietür, die von einem Polizisten daran gehindert wurden, sich zu nähern. Die meisten waren nachbarn, die in diesen morgenstunden von hilferufen geweckt wurden.
  Der Kommissar drängte sich durch die menge zum eingang des Hauses.
  Und er sah die bizarrste szene, die er jemals gesehen hatte.
  Drei männer mit kapuze in schwarzer kleidung und handschuhen lagen auf dem boden. Bedeckt mit weißem staub ... und spinnen!
  Hinca holte tief luft. Warum konnte ich nicht überrascht sein?
--- Pulver von tamarin und spinnen. Der ganze körper brennt und juckt. Aber wenn sie sich bewegen, beißen die spinnen. Es gab nur eine lösung: um hilfe schreien und die

Polizei um hilfe bitten.

Ein Polizist machte einen schritt, um den drei männern zu helfen. Hinca hielt ihn auf.

--- Nein, noch nicht. Nach 30 jahren Polizei, wurde ich zum ersten mal zur rettung von banditen gerufen. Lass sie wie sie sind. Wir bewerten die situation noch. Wir können den tatort nicht verändern. Und sie scheinen mit ihren neuen freunden auszukommen. Und sie sind nicht giftig. Wenn sie es wären, wären diese jungs bereits tot.

Die drei angreifer hatten aufgehört zu schreien. Die bewegungen der lippen hatten die spinnen nahe an ihren mund gezogen.

In der nähe der angreifer befanden sich zwei werkzeugkästen. Der Kommissar öffnete sie beide. Der inhalt erschreckte ihn.

Das geräusch von Chayses spazierstock von der treppe kündigte an, dass sie mit Sabrina herunterkommen würde.

Kommissar Hinca lächelte.

--- Ah, mein alter freund Chayse. Der berühmteste Parfümeriemanager in Amsterdam. Und einer deiner schüler.

--- Wir haben die besten parfums auf dem markt.

--- Hast du keine geräusche gehört?Diese männer schreien hier fast zwei stunden lang.

--- Wir haben bis spät in die nacht gearbeitet, Herr Kommissar. Wir schlafen lange. Wir haben sogar ein paar geräusche gehört, aber wir dachten,es sei auf der straße oder bei den nachbarn. Was ist los?

Hinca hörte die ankunft des Polizeiwagens auf der straße. Er wandte sich an die Polizei.

--- Das reicht. Sie können diese jungs schon abholen. Ich weiß, es war liebe auf den ersten blick. Aber Mr. Chayses spinnen sind Familienmädchen. Wir wollen nicht, dass sie einen schlechten ruf bekommen.

--- Sehr nett von ihnen, Herr Kommissar. - Chayse lächelte.

--- Bevor sie fragen, sind sie von einer nicht giftigen art. Sind verwendung bei der bestäubung von pflanzen in tropischen regionen. Sie tragen pollen auf ihren pfoten.

--- Hatte ich schon gemerkt. Ihr geschäft ist nicht mord. Wenn es so wäre, hättest du sie aus nächster nähe erschießen können. Es wäre eine Legitime Verteidigung. Sie haben sie nur ruhig gestellt, damit wir sie fangen können. Sie wollen weitere versuche abschrecken, das heißt, sie warten auf sie. Interessant.

Hinca wandte sich an die drei typen, die mit handschellen gefesselt und mit tamarinpulver gewickelt waren, auf dem weg zum auto.

--- Hast du das gesehen? Sie hatten hier in den Niederlanden einen Botanik und manierenkurs. Das können sie in ihren bericht aufnehmen. Und sag deinen chefs, dass wir darauf warten, dass du zurückkommst.

Kommissar Hinca war besonders wütend.Mir gefiel die idee nicht,mitten in der nacht aus dem bett zu kommen, um den banditen in schwierigkeiten zu helfen.

--- Diese jungs müssen ein kaltes bad mit einem dicken mopp nehmen, bevor sie ihr zeugnis geben können. Aber wo war ich überhaupt? Ah, Herr Chayse. Möchten sie eine formelle beschwerde wegen übertretens einreichen?

--- Keine notwendigkeit. Sie haben nichts genommen.

Hinca lächelte.

--- Woher kannst du das wissen? Hast du nicht geschlafen? Keine notwendigkeit, den laden zu inspizieren?

Sabrina griff ein.

--- Es war die erste frage, die er mir stellte, sobald er die augen öffnete. Ich sagte ihm, ich hätte alle unsere waren im lager eingesperrt. Herr Chayse vertraut meinem wort.

Aber wenn wir etwas verpassen, können wir uns später beschweren.

--- Sie sind eine großartige angestellte, Fraulein Sabrina. Keine beschwerde, kein fall.

Der Kommissar nahm sein notizbuch heraus. Er nahm die stellung eines bürokraten ein. Er kannte so einen notariellen stempel, ein widerlicher kerl.

--- Ich werde diese jungs jedoch festhalten. "Ordnungsstörung", um die nachbarschaft mitten in der nacht aufzuwecken. Und da sie in der öffentlichkeit obszöne posen machen, werde ich sie auch des "Unanständiger Angriff" beschuldigen. Wir können nur den verdacht feststellen, dass sie am späten nachmittag des morgigen tages versehentlich in den tamarinstaub gerollt sind. Daher muss ich die zeugnisse von ihnen beiden als einheimische mitnehmen.

--- Es ist immer eine freude, mit der Polizei zusammenzuarbeiten, Herr Kommissar. - Sagte Chayse und lächelte viel über das böse von Hinca.

--- Sehr gut. Fangen wir an. Aufgrund der beobachtung des ortes sehe ich, dass die jungs das schloss an der haustür aufgebrochen haben und eingetreten sind. Als sie die tür öffneten, wurde eine schachtel tamarinpulver über der tür auf sie geworfen. Warum haben sie den staub über die tür gelegt? Hatten sie damit gerechnet, angegriffen zu werden?

--- Ein alter blinder mann, eine Frau und eine Parfümerie. Wir sind leichte beute.Es war nur eine sicherheitsmaßnahme.

--- Ich verstehe. Dann begannen sich die jungs mit dem juckreiz zu winden und stolperten über eine schnur, die sich in der mitte des ladens erstreckte. Damit stürzten sie zu boden ud eine weitere kiste mit den spinnen fiel auf sie.Da dies alles im dunkeln passierte, muss es ziemlich beängstigend gewesen sein. Sie sahen nichts, fühlten nur, wie ihre pfoten über sie gingen. Haben sie foltertechniken bei der New Yorker Polizei gelernt, Mr. Chayse?

Sabrina griff ein.

--- Es war meine schuld. Ich habe die spinnen hier im laden in der kiste gelassen, um ihr kinderzimmer im Labor zu säubern. Dann habe ich vergessen, sie zurückzunehmen. Es war ein versehen.

Hinca bemühte sich sehr,nicht zu lachen.Die Familie Arkonak war unglaublich!

--- Wo sind die anderen?

--- Sie sind auf geschäftsreise gegangen.

--- Die beiden angestellten waren auch? Nehmen sie am geschäft teil?

--- Es ist ein neuer lieferant. Die Gräfin verlässt sich stark auf ihre meinungen. Sie bedienen kunden direkt und kennen ihren geschmack.

--- Sehr demokratisch. Wusste noch jemand, dass sie hier alleine sein würden?

--- Ich glaube, ich habe versehentlich einen kommentar in die cafeteria gesprengt. Jemand kann gehört haben. - Sagte Sabrina.

--- Erinnerst du dich an jemanden, der in der cafeteria war?

--- Niemand im besonderen.

Der Kommissar sah Sabrina mit einem komischen ausdruck an. Hinca wusste von ihrer verabredung mit Kostler, dem ansässigen Agenten des MI6 in Amsterdam. Sicher war er derjenige in der kantine und hatte den richtigen anlass für die invasion gekannt.

Eine sache musste er erkennen. Die Arkonaken waren wirklich unparteiisch. Sie hatten gerade einen deutschen agenten beschützt, und jetzt beschützten sie einen britischen agenten. Wenn sie so neutral blieben, könnten sie die Niederländische Staatsbürgerschaft verlangen.

--- Nun lass uns zu den invasoren gehen. Haben sie eine idee,warum sich drei agenten des Englischen Geheimdienstes für ihre parfümerie interessieren würden? Ihr erstaunen schien echt zu sein.

--- Englische Agenten? Sind Sie sich da sicher, Kommissar?

--- Es sind unsere alten bekannten. Sie reisen heimlich mit falschen dokumenten in die Niederlande ein. Sie machen ein bisschen drecksarbeit und gehen. Wenn sie gefangen werden, werden sie nach England abgeschoben. Nach einer weile kommen sie wieder zurück. England sagt, dass sie sind nur gewöhnliche bösewichte, und lehne jegliche bindung an sie ab. Ihre aufgabe ist es jedoch nicht, die verkleidung lokaler Agenten zu gefährden. Wir werden sie verhören, aber sie kennen niemanden und niemand kennt sie. Beruhige dich,Fraulein Sabrina. Sie werden ihren freund,Herr Kostler,nicht melden.

Sabrina verzog das gesicht.

--- Glaubst du,Herr Kostler hat etwas damit zu tun? Wusste er,dass ich hier sein würde und dass diese männer uns angreifen würden?

--- Ich glaube, sie haben nach einem Funksender gesucht. Ihre werkzeugkästen verfügten über funkdecodierungsgeräte, um funkfrequenzen zu verletzen,ud einer der männer ist ein funker. Ich glaube, sie wollten wissen, wer ihre freunde sind. Dann würden sie etwas stehlen, um wie ein raub auszusehen. Viele fragen lauten: Warum sollte MI6 drei Agenten aus England schicken, um mehr über die kontakte einer Parfümerie zu erfahren?

Chayse klopfte mit dem stock auf den boden.

--- Herr Kommissar Hinca, woher weiß ich, was im kopf des Englischen Geheimdienstes vor sich geht?

XXXXXXXXXXXXXXXXXXXXXXXXXXXXXXXXXXXXXXX

Sobald er in der Britischen Botschaft ankam, erhielt "Big" Kostler einen anruf von Terry Audrey.

Terry fasste es in einem satz zusammen.

--- Das "Alte" ist depressiv, „Big". Und es wird noch depressiver.

Kapitel 3

Kyiwer Pechersk Lavra Höhlenkloster

„Ich bin die Seele deines Vaters,
Für eine Weile dazu verdammt, nachts umherzuwandern."

Jeremiah aus dem Stück Hamlet von William Shakespeare.

--- Jetzt sind wir endlich da! - Sagte Rodolfo Azteca. --- Das sind die koordinaten, die du mir gegeben hast.
--- Was genau haben wir hier gesucht, Lehrer Kracory? - Fragte Sonja misstrauisch.
    Kracory war fasziniert von der landschaft. Es würde ein schönes bild machen.
--- Meine Damen ud Herren,ich möchte ihnen das Pechersk Lavra KyiwerHöhlenkloster vorstellen. Lavra ist ein ehrentitel, der seine bedeutung für die gesamte Region Kyiw anerkennt. Es wurde 1051 von St. Anthony Hermit gegründet. Es erreichte seinen höhepunkt vor 1786. Zu dieser zeit kontrollierte das Kloster Petschersk 3 städte, 7 grobe dörfer, 200 kleine dörfer und hatte 70.000 bedienstete. Es gab 11 töpfereien, 6 gießereien, 150 brennereien, 150 mühlen und 200 tavernen. 1786 säkularisierte die Russische Regierung die grundstücke und übernahm die kontrolle über das Kloster.
--- Es war nicht umsonst. Es war ein Staat im Staat.
--- Darunter befinden sich noch mehr als 800 meter höhlen mit einer tiefe zwischen 5 und 15 metern. Da wir im jahr 1915 sind, werden wir dort mehr als 1000 mönche finden. Und hunderttausende von pilgern, die gekommen sind,um die relikte unzähliger heiliger zu sehen, die seit über 900 jahren hier sind.
    Rodolfo sah Sonja, Kelly, Jill und Kracory nacheinander in die augen.
--- Über die zukunft bescheid zu wissen,hilft nicht,gefühle zu verbergen.In zwei jahren, wenn die Bolschewiki eintreffen, wird es für diese menschen schwierig. Vermeiden sie es,ihnen in die augen zu schauen oder eine beteiligung zu zeigen.Da jeder hier traurige motive hat, lasst uns nicht zu viel aufmerksamkeit bekommen.
--- Aber unser lieblingslehrer hat meine frage noch nicht beantwortet. - Die Gräfin bestand darauf. --- Wonach suchen wir?
    Der kleine zwerg starrte sie an.
--- 1453 wurde Konstantinopel von den türken umgeben. Sein sturz stand unmittelbar bevor. Es gab eine familie skandinavischer herkunft,die vor jahrhunderten in der Stadt gegründet wurde. Es war eine reiche familie mit einer langen tradition in der Parfümerie. Das familienoberhaupt Bergsson war einer der größten parfümeure des Mittelalters. Sehr reich und reich, er hatte eine riesige bibliothek.
--- Ich weiß. Nur wir sind nach Kyiw gekommen. - Sagte Sonja.
--- Ich bin schon da Bergsson gelang es nachts,der belagerung der Stadt zu entkommen, verkleidet als türke und mit einem kleinen türkischen segelboot. Zuerst dachte ich, ich wäre nach Venedig gegangen. Aber dann wurde mir klar, dass es sehr riskant wäre, die gesamte Ägäis zu überqueren. Der Byzantinische Kaiser hatte Europa um hilfe gebeten, und eine christliche flotte konnte jeden moment eintreffen. Die gesamte türkische überwachung würde sich auf die Ägäis konzentrieren.
--- Ich weiß.
--- Ich erinnerte mich,dass ihre familie skandinavier war.Ich dachte,dass er nach Osten ging und schließlich zu dem namen Aksu kam. Aksu River war zu dieser zeit der alte name des Dnepr.
--- Angenommen, dieser Bergsson war an bord der Dieper gegangen und hier.

angekommen. Was ist damit?

--- Bergssons Familie wurde über mehrere generationen in Konstantinopel gegründet. Sie waren die Könige der Parfümerie!Und das Byzantinische Reich er hatte die gesamte Küste Nordafrikas von Gibraltar bis Arabien kontrolliert. Und es hatte handel mit China und Indien. Es wird berichtet, dass die sammlung von büchern und papyrus der Bergsson-Familie neben ihrem reichtum zu dieser zeit erstaunlich war.

--- Und sie glauben, er ist aus Konstantinopel geflohen und hat das alles nach Kyiw gebracht? Undercover mitten in der nacht davonlaufen? Und wahrscheinlich mehr um die rettung der familie besorgt?

--- Ich sage nicht alles, aber vielleicht einen guten teil. Er rannte nicht auf einem pferd davon,was schneller sein würde. Er floh aus einem boot,in dem er mehr gewicht tragen konnte. Er hatte zweifellos türkische freunde und geld, um sie zu bestechen. Als nachkomme der wikinger kannte er die Dnepr-Route und muss freunde in Kyiw haben.

--- Die christlichen Könige Westeuropas stritten miteinander. Niemand kam zum Byzantinischen Reich.

--- Aber die türken waren sich dessen nicht sicher. Sie müssten wachsam sein und ihre flotte auf die Ägäis konzentrieren und auf einen möglichen angriff warten.

--- Ab Konstantinopel wäre das Schwarze Meer unbewacht. Und ein türkisches boot würde ohne viel aufmerksamkeit passieren.Schein tzu sein einen guten plan. - Sagte Roy.

--- Ich werde noch einmal fragen. - Sagte Sonja, fast die geduld verlieren. --- Wofür sind wir hergekommen?

--- Alles, was uns zu Bergsson bringt.

Die Gräfin bemühte sich sehr, nicht zu explodieren.

--- Was meinst du? "Alles von Bergsson"? Irgendwas von einem flüchtling vor 500 jahren? Haben sie nicht gesagt, dass dieses Kloster Städte, Städte, 200 dörfer und hunderte von fabriken und tavernen kontrolliert? Und dass er geld hatte, um türkische beamte zu bestechen? Wie viel würden dich einige der 70.000 diener kosten?

Der kleine zwerg starrte sie wieder an. Tatsächlich standen sich die beiden gegenüber.

--- Denn ich sage ihnen, dass Bergsson ein sehr kultivierter und sehr reicher Parfümeur war. Er war mit ziemlicher sicherheit der Größte Parfümkenner seiner zeit. Er hatte genug kultur und geld, um alle formeln und verträge seiner zeit zu kaufen.Und ich sage ihnen, als er hier ankam, war er bereits ein alter mann. Dass er gerade sein zuhause, sein geschäft, sein eigentum, fast alles verloren hatte. Nur was in diesem boot übrig war. Bisher war Bergsson mit einem türkischen boot vor den türken geflohen. Wenn er jedoch weiter flussaufwärts fuhr, würde er auf beiden seiten des flusses slawische stämme finden. Wilde menschen, bewaffnet mit brandpfeilen, die türkische boote nicht mochten. Seine chancen gingen zurück. Das ist die frage. Er hätte das türkische boot verlassen und an land oder in einem anderen boot fliehen können. Es sei denn, an bord befand sich eine sehr schwere und kostbare fracht. Und in diesem fall könnte ein mit höhlen gefülltes christliches Kloster zu einem guten zeitpunkt kommen. Wenn sie sich Pechersk nicht ansehen möchten, habe ich eine andere möglichkeit. Nur du wirst es noch weniger mögen.

Sonja lächelte. Sie liebte den mut des zwergs. Konnte es einfach nicht demonstrieren.

--- Verstanden. Die andere möglichkeit wäre, alle freunde und bekannten des alten Byzantinischen Reiches, von Gibraltar bis China zu durchsuchen. Ich weiß nicht, ob die sohlen meiner schuhe alles aushalten. Sehr gut, Lehrer Kracory. Da wir hier sind, treffen wir Pechersk.

Der Kommandant Azteca griff ein. Er hatte jedes wort gehört und jeden punkt analysiert.

--- Gehen wir also von dieser theorie aus. Versuchen wir, wie Bergsson zu denken.

Rodolfo studierte die lokale geographie. Und schloss:

--- Das kloster liegt auf einem hügel, und im mittelalter wäre dies hier ein gestrüpp mit sehr wenigen dienerhäusern. Ich bin Bergsson, ich habe eine fracht verschifft und ich muss sie ins kloster bringen. Ein christliches kloster würde den türken niemals den schutz der christen verweigern. Besonders seltene bücher und vielleicht etwas geld mitbringen. Wenn er und seine familie es hier geschafft haben, wurden sie gerettet. Hier hätten sie alle hilfe, die sie brauchten.

--- In diesem fall würden die werke, die er brachte, in der klosterbibliothek sein.

--- Genau. Dies ist Alternative 1.

--- Und Alternative 2?

--- Das war vor fast 500 jahren, und danach hatte Pechersk jahrhunderte lang viel zu tun. Er hat viele ruhme und unglück gehabt. Ohne den wert religiöser bücher herabzusetzen, würden Parfümformeln Geld bedeuten. Inmitten einiger schwierigkeiten hätte jemand seine bücher aus dem kloster stehlen können.

--- Viele leute kamen vorbei. Einige nicht so ergeben.

--- Wie ein dieb denkend,bestünde eine möglichkeit darin,die bücher aus der Bibliothek zu nehmen und sie in den höhlen zu verstecken, in der hoffnung, sie später wieder zu holen.

--- Wenn ich der dieb gewesen wäre, wäre ich schon lange vor meinem 500.Lebensjahr zurückgekehrt.

--- Aber es kann spuren hinterlassen haben. Sie bewahren relikte in den höhlen auf. Es mag eine geschichte geben, eine uralte legende. Ein dieb macht immer fehler.

--- Es gibt noch eine Alternative 3. - Sagte Kracory.

--- Was?

--- Ein feuer verwüstete Pechersk im Jahr 1781.Ein großteil der hier befindlichen werke wurde zerstört.

--- Oh, Mein Gott! - Sagte Kelly und legte ihr gesicht in ihre hände.

Azteca dachte über die situation nach.

--- Also hatten wir ein feuer. Wenn sie in der Bibliothek waren, sind sie möglicherweise geflohen oder nicht. Das werden wir sehen. Wenn sie in den höhlen waren, traf sie das feuer nicht. Teilen wir uns auf.

XXXXXXXXXXXXXXXXXXXXXXXXXXXXXXXXXXXXXXX

Eine nonne, die ein kind in den händen hielt,mischte sich unter die menge der pilger. Sie betraten das Kirchenschiff der Basilika und beobachteten die seitentüren. Sie sahen einen angelehnten gegenstand, der in einen korridor führte.

Das kind löste sich von nonnes händen und rannte mit ihrem kindlichen gang davon. Die Nonne lief ihm nach und beide gingen durch die tür. Sie fanden eine treppe, die in den Ersten Stock führte.

In Pechersk herrschte an diesem tag große bewegung. Hunderte von pilgern besetzten die Basilika und viele freiwillige und ordensleute arbeiteten in den höfen und gängen. Im 1. Stock zirkulierten mehrere leute auf den gängen und unterhielten sich mit priestern.

Ein kettentor mit kette und schloss versperrte die treppe zum 2. Stock, wo sich die Bibliothek befand. Dort war der zugang eingeschränkt.

Die Nonne steckte mühelos eine pinzette ein und brach das schloss. Sie traten schnell ein und schlossen das tor hinter sich.

Sie stiegen die treppe zum korridor im 2. Stock hinauf. Die Bibliothek war dort verschlossen.

--- Möchtest du etwas? - Fragte ein alter Mönch, der in russischer sprache auf dem flur stand.

--- Ich bin Nonne Sonja vom Sankt Petersburg Kloster. Dieses kind erschien dort und sprach ukrainisch. Aber ich konnte nicht sagen, wer deine eltern sind. Vielleicht gibt es in der Bibliothek einen hinweis auf ihre familie.

Der Mönch sah direkt in das gesicht des kindes,das eine kopf mit kapuze hatte.

--- Du kannst aufhören zu lügen.Sie sind zu alt ud runzlig,um sich als kind auszugeben. Du bist fast in meinem alter.

--- Also genug geredet. - Sagte Sonja, zog eine pistole aus ihrer soutane und richtete sie auf den Mönch. --- Öffnen sie bald die Bibliothekstür.

Der Mönch lächelte schief. Er nahm die schlüssel aus der tasche und öffnete die Bibliothek.

--- Spät angekommen. Ihre freunde haben hier viel größere waffen eingesetzt.

--- Unsere freunde? - Fragte Kracory, trat ein, zog die motorhaube ab und schloss die tür ab.

--- Keine notwendigkeit vorzutäuschen. Wer würde in einem Kloster mit so viel gold eine Bibliothek ausrauben? Nur die Zarenpolizei des Russifizierungsprogramms. Auf der suche nach büchern in ukrainisch. Ich verstehe nur nicht, warum sie verkleidungen verwendeten. Normalerweise richtet man waffen und bricht türen ein. Es ist schneller

Sonja ud Kracory sahen sich an. Der fehler wurde gebildet.Aber es rückgängig zu machen wäre sehr gefährlich. Der Mönch könnte tatsächlich die Zaristische Polizei warnen. Tatsächlich könnte Monk selbst ein pro-russischer, prodeutscher oder pro-separatistischer Agent sein. In der Ukraine von 1915 konnte jeder etwas, oder mehrere dinge gleichzeitig sein.

Die Gräfin beschloss zu improvisieren.

--- Wir sind auf einer besonderen Mission. Wir erhielten informationen von einer verschwörung, den Zaren zu töten.

--- Und die verschwörer sind hier in Pechesk? Hier in der Bibliothek versteckt?

--- Die verschwörer haben hier ein geheimes buch hinterlassen.

Der Mönch brach in lachen aus.

--- Ich rate ihnen, nicht zu versuchen, sich als Zaristische bullen auszugeben.Sie haben keine ahnung, wie OKHRANA funktioniert. Ihre verkleidungen sind lächerlich.

Der Mönch stand auf und streckte sich.

--- Wenn du mich töten willst, schieß sofort. Wer echten Zaren gegenübersteht, hat keine angst vor zwei handlangern wie ihnen.

--- Sind wir so schlecht? - Gelacht Sonja, die immer noch die pistole in der hand hielt, zielte auf den Mönch.

--- Stellen sie sich nicht vor, wie viel, Frau. Wenn die Zaren irgendwelche verbotenen bücher verdächtigen würden, würden sie eine truppe von mindestens 10 männern entsenden. Während ich auf einem stuhl gefoltert wurde, drehten die soldaten die gesamte Bibliothek auf und ab. Zu diesem zeitpunkt waren alle regale auf dem boden.

Der Mönch sah sie beide an. Besonders Sonja, die die waffe auf sie richtete.

--- Du sprichst ein bisschen russisch und ukrainisch. Aber das sind sie auch nicht. Und sie haben keine ahnung, wo sie sich einlassen. Ich zähle bis „drei", damit du mir sagen kannst, wer sie sind und was sie wollen. Danach gehe ich aus der tür und suche nach echten russischen bullen. Ich werde ihnen sagen, dass sie deutsche agenten sind. Da die meisten von ihnen noch nie einen deutschen gesehen haben,werden sie es glauben.

Ich wette, in ihren kerkern hältst du nicht einmal zwei tage durch. Der Mönch sah auf die pistole.

--- Ah, wenn du mich in den rücken töten willst, fühl dich frei. Ich habe heute meine gebete getan.

--- Hast du keine angst zu sterben? - Fragte Kracory.

Der Mönch sah den kleinen zwerg an.

--- Wirklich, sie kennen die Ukraine nicht. Zählung starten: Eins.

Sonja steckte die Pistole weg.

--- Wir können dir nicht sagen, wer wir sind.

--- Zwei.

--- Aber wir können ihnen sagen, wonach wir suchen. Gegenmittel gegen chemische waffen. Giftige gase viele leben hängen von uns ab.

Der Mönch sah sie beide an. Diesmal sagten sie die wahrheit.

--- Und sie denken, wir haben so etwas hier in Pechersk?

--- Vielleicht tun sie es, und sie wissen es nicht. - Sagte Sonja.

--- Ich bin Professor Kracory und sie ist meine Assistentin Sonja. Wir suchen ein buch, oder bücher, wir wissen nicht wie viele.

--- Ich bin Mönch Kroski. Mönch Benés Kroski. - Sagte der Ordensmann, auf seinem stuhl sitzend. Ihre akzente... sie sprechen gut ukrainisch, aber nicht ukrainisch. Sie hätte mich fast als russin getäuscht, aber nicht als russin. Wir wissen alles über die russen. Ich habe gehört, dass viele slawen nach Amerika ausgewandert sind.

--- Wir haben es auch gehört. - Sagte Sonja.

Der Mönch verschränkte die arme.

--- Sie meinen nicht, woher sie kommen. Sie sind hart im nehmen. Ich werde davon ausgehen, dass sie Amerikaner sind. Wonach haben sie genau gesucht?

--- Manuskripte und schriftrollen vielleicht. Sie wurden 1453 von einem byzantiner namens Bergsson gebracht, als Konstantinopel von den türken eingenommen wurde.

Mönch Kroski sah sie mit einem ausdruck des völligen unglaubens an.

--- Machst du witze oder bist du völlig verrückt? Haben sie eine vorstellung von der jämmerlichen welt, in der wir heute hier und jetzt leben? Bist du hergekommen, arme in hand, um ein unglück von fast 500 jahren auszugraben? Können sie sich vorstellen, wie viele unglücksfälle gerade unter ihrer nase geschehen?

XXXXXXXXXXXXXXXXXXXXXXXXXXXXXXXXXXXXXXXXXXXXXX

Ein Mönch und ein Novize folgten der gruppe die steintreppen hinunter, die zu den höhlen führten. Sie vermieden es, miteinander zu reden und nur durch signale zu kommunizieren.

Sie sahen bald, dass die höhlengänge sehr eng waren. Der durchgang von zwei personen, von denen eine hoch und eine runter ging, war sehr eng. Es war eine wirklich klaustrophobische erfahrung.

Es würde auch das problem der luftfeuchtigkeit geben. Papiere und papyrus konnten nicht lange drinnen bleiben. Es sollte genügend belüftung für besucher geben, aber eine Bibliothek würde einen viel luftigeren ort benötigen.

In anbetracht der politischen situation könnten die bücher von den russen oder einem anderen eindringling beschlagnahmt worden sein. Sie hätten schimmelig sein können, bis sie verschwunden sind, oder einfach, zerstört, eine weitere ferne möglichkeit.

Auf jeden fall waren Bergssons rollen nicht mehr in den höhlen. Wenn sie es jemals waren.

Der Mönch und der Novize beteten vor einigen reliquien ud gingen die treppe zum ausgang hinauf.

Sie konnten bereits das spiegelbild der Sonne oben auf der treppe sehen, als sie scharfe gegenstände hinter sich fühlten.

Ein junger mann sagte leise etwas,was sie nicht verstanden.Aber sie mussten nicht einmal ukrainisch verstehen, um zu wissen, dass sie entführt wurden.

Aus den augenwinkeln sah der Mönch, dass zwei junge männer, ungefähr zwanzig jahre alt, ineinander gingen. Einer blieb hinter seinem rücken. Der andere auf dem rücken des Neulings.

Sie gingen die treppe hinauf und aus den höhlen heraus.

Draußen war ein zug der Russischen Armee, der suchte, wer ging. Der Mönch und der Novize erhielten religiöse grüße von den soldaten und antworteten ihnen. Ihre beiden gefährten versteckten ihre gesichter und salutierten ebenfalls. Also sind sie der zeitschrift entkommen.

Die vier gingen zur rückseite des Klosters. Sie traten durch eine tür ein, und jemand schlug die augen zusammen.Sie wurden durch eine reihe von türen ud gängen mit verbundenen augen geführt, bis sie zu einer steintreppe gelangten, die zugang zu einer anderen höhle gewähren sollte.

Sie fühlten es, als sie auf zwei stühle geschoben und gefesselt wurden.

Verkäufe wurden zurückgezogen, und sie konnten die neue höhle sehen.

Es war viel breiter als die vorherigen.Es war eine sehr große halle mit einigen natürlichen lichtpunkten, was bedeutete, dass sie offen war, möglicherweise auf dem dach des Klosters.

Es würden ungefähr 20 männer und 3 frauen in der höhle sein,alle bewaffnet.

Einer der jungen, der sie entführt hatte, hob die soutane des Mönchs und zeigte, dass er militärstiefel trug. Er hob die soutane der Novizin und zeigte, dass sie auch stiefel trug. Sie durchsuchten die beiden, fanden aber keine waffen bei ihnen. Zumindest nichts, was 1915 als "waffe" anerkannt wurde. Der junge deutete darauf, dass sie durch seltsame signale in der höhle miteinander kommunizierten.

Die gruppe ließ die beiden gefangenen nicht aus den augen. Der chef stellte einige fragen auf ukrainisch, dann auf russisch. Weder verstanden etwas.

Immerhin lachte der falsche Mönch Rodolfo Asteca.
--- Ich glaube nicht, dass wir hier in der Ukraine erfolgreich waren.

Kelly, die falsche Novizin, lachte ebenfalls.
--- Ich denke, diese rohlinge haben im leben nie parfums benutzt.

Sie lachten beide viel. Der gruppenleiter lachte auch.
--- Du sprichst also englisch. Sie sind aber keine Engländer. Amerikaner?
--- Ich komme aus Texas, sie kommt aus Ohio. Weisst du?
--- Nein, aber es erklärt die akzente. Was hast du in der Ukraine gemacht?
--- Tourismus. Amerika ist ein neutrales Land.

Der mann lachte. Er war groß, ungefähr fünfundvierzig, in einer Armeeoberstuniform. Die anderen trugen zivilkleidung.
--- Neutralität. Es muss ein schönes wort sein, Amerika. Nur gibt es das hier in der Ukraine nicht. Hier hat jeder eine seite. Und sie riskieren jeden tag ihr leben für ihn.Sie sind entweder pro-russisch, oder pro-deutsch, oder pro-ukraine. Wie wir wir sind die Löwen der Ukraine.

Kapitel 4

"Möchtest Du Mir Etwas Sagen?"

„Deine Erinnerung ist ein Monster.
Es wird von selbst aufgerufen.
Du denkst, du hast ein Gedächtnis.
Aber sie hat dich."

John Irving, amerikanischer Schriftsteller.

--- Monk,kann ich einen moment mit meinem Assistenten sprechen? - Fragte der kleine zwerg.

Kroski fing an, die situation zu genießen.

--- Machen sie es sich bequem, Professor Kracory.Ich habe die ganze zeit auf der Welt.

Kracoy näherte sich Sonja, die den Mönch noch beobachtete.

--- Dieser Mönch ist ein vollidiot! - Flüsterte er leise. --- Er glaubt, unglück mit der Zaristischen Russifizierung gesehen zu haben. In nur zwei jahren werden die bolschewiki eintreffen. Das Kloster wird ein Antireligiöses Museum sein und die Mönche werden nach Gulags in Sibirien geschickt. Sie werden weiterhin die HolodomorAusrottung für den Hunger leben und Stalin und Hitler treffen. Wenn die Nazis in Kyiw ankommen, werden die russen das Kloster sprengen. Wie kann ich das einem idioten erklären, der glaubt, die Wahrheit zu besitzen?

--- Du kannst ihn nicht einen idioten nennen. Wir brauchen die hilfe dieses idioten, um das buch inmitten dieses babylonischen papiers zu finden. Also geh wieder rein und finde einen weg, um die hilfe dieses idioten zu bekommen.

--- Ich habe das wort "Idiot" fünfmal gezählt. Herr. Sie sollten die anweisungen ihres Assistenten akzeptieren, der eher wie ihr chef aussieht.

--- Wir sprechen über Dostojewskis buch "Der Idiot".

--- Guter Versuch. Die Russische Literatur ist das erste regal auf der rechten, seite.

--- Sehr gut zu wissen. Ein anderer tag, wer weiß?

Mönch Kroski sah sie beide an.

--- Es ist klar, dass du dinge weißt, die ich nicht weiß. Gibt es etwas, was du mir sagen willst?

--- Nein! - Die beiden antworteten gleichzeitig.

--- Warum, sollte ich ihnen dann helfen, ihre Mission zu erfüllen? Hängen tausende von leben von ihnen ab? Haben sie keine angst, ohne meine hilfe zu scheitern?

Sonja übernahm die situation.

--- Mönch Benés, ich verstehe, in welcher Welt du lebst. Für sie wäre es normal, dass wir ihn foltern und töten. Zünden sie ihre Bibliothek an,und wir können mit gewalt alles bekommen, was wir wollen. Und du liegst nicht falsch. Vielleicht sehen sie diesen tag noch. Aber nicht heute, nicht für uns. Wir werden hier nicht mit ihrem blut und dem ihrer brüder in unseren händen zurücklassen. Wenn sie reagiert hätten, würde ich auf ihre füße schießen, um sie zu verlangsamen und uns zeit zu geben, zu entkommen. Ich würde niemals auf deinen kopf schießen.Was auch immer die zukunft bringt,wir werden nicht ihre instrumente sein. Wenn wir versagen müssen, werden wir versagen. Das ist das leben. Sie können nicht immer gewinnen.

Der Bibliothekar starrte beide an. Endlich stand er von seinem stuhl auf und ging in einen flur.

--- Sehr gut. Ich möchte nicht, dass sie meine füße schlagen, bevor ich weglaufe. Ich zeig dir was.

Sie folgten einem korridor zwischen den bücherregalen. Der Mönch führte sie in einen separaten raum mit nur sehr alten büchern.

--- Bergsson aus Konstantinopel war nicht nur händler, sondern auch parfümstudent. Du hattest glück. Er schrieb in Lateinischer sprache. Die russen haben sie nicht genommen, weil sie nur ukrainische bücher suchten. Bücher in Lateinischer sprache waren unwissenden halb-analphabeten nichts wert. Sein "Parfümerievertrag", eine riesige Enzyklopädie mit 10 bänden und fast 1.000 seiten pro band, war einer der am stärksten empfundenen verluste des feuers von 1781.

Kracory ud Sonja waren wirklich enttäuscht. Ein juwel wie dieses,das in einem feuer verloren geht!

--- Aber, - Fügte der Mönch hinzu, --- Bergsson hatte hier im Kloster einen schüler. Der Mönch Andrey Drominitj ebte zum zeitpunkt des feuers.Er war in der lage, Bergssons originalarbeit zu studieren und seine eigene arbeit zu schreiben,fast eine aktualisierung der arbeit seines idols.Als das Klosterfeuer ausbrach,war Drominitj auf reisen und hatte seine originale mitgenommen. 1782, ein jahr nach dem brand, veröffentlichte Mönch Andrey sein buch, um beim wiederaufbau zu helfen.

Kroski holte zwei große staubige bände aus einem regal.

--- Und da ist dein glück. Wenn Drominitj auf ukrainisch geschrieben hätte, hätten die russen ihre bücher verbrannt. Aber es war zum verkauf in ganz Europa. So schrieb er auch in Lateinischer sprache. Daher überlebten diese. Hier sind die beiden bände von Mönch Andrey. Es sind nicht die 10.000 seiten von Bergsson. Andrej verdichtete, erweiterte, aktualisierte und erreichte schließlich 2.000 seiten.

--- Ich bin sicher, er hat einen außergewöhnlichen Job gemacht, Mönch Benés.

--- Dieses buch ist ein erbe des Ukrainischen Volkes. Aber ich denke, in zukunft werden sich die ukrainer nicht viel um die Parfümerie kümmern. Ist es nicht?

Sonja und Kracory sahen sich an. Kracory antwortete:

--- Der ruhm der kosaken wird auf andere weise verteidigt. Aber dieses buch wird seinen ursprünglichen zweck erfüllen und dazu beitragen,die Geschichte der Ukraine zu bewahren.

--- Und willst du mir nicht sagen wie?

--- Nein. - Sonja und Kracory gleichzeitig geantwortet.

Es herrschte stille. Immerhin entschied sich Mönch Kroski.

--- Betrachten sie dies als ein geschenk des ukrainischen volkes. Sie sind die ersten ausländer, die hier vor einem unbewaffneten Mönch scheitern wollen. Sie sind definitiv keine russen.

Die beiden umarmten Mönch Benés Kroski herzlich. Sie wussten, dass es ein abschied war.

--- Verschwinde, Parfümeure! - Sagte der Mönch, seine stimme brach. --- Es gibt dort unten eine menge russen, und sie sind nicht bereit zu scheitern. Und wenn einer von ihnen ist, werden sie kurz erschossen.

Kracory wickelte die bücher fest in ein tuch.

--- Ich kümmere mich um die bücher. - Sagte der kleine zwerg. --- Ich möchte, dass sie ihre hände frei lassen, damit wir hier raus können.

Sonja stimmte zu, als sie das gewicht und den schwierigkeitsgrad der pakete sah.

--- Also bleib direkt hinter mir. - Sagte sie.

Sie überlegten, die treppe hinunterzugehen, hörten aber russische soldaten im untergeschoss. Entschied Sonja.

--- Sie sind nicht hinter uns. Entdecken sie die bücher, lassen sie sieauf dem display.

Sie sind uns wichtig, nicht ihnen.

Kracory nahm das tuch ab und ging mit den büchern die treppe hinunter.

Sie gingen in den 1º Stock und fanden eine gruppe soldaten, die die leute durchsuchten.

Die falsche Nonne sprach den verantwortlichen Offizier auf russisch an.

--- Ich kam,um einige Parfümeriebücher mit nach Sankt Petersburg zu nehmen. Dieser zwerg ist großgezogen, Sasha. Er ist dumm.

Der Offizier schlug das buch auf und blätterte ein paar seiten um. Weder Parfümerie noch Latein schienen ihn zu interessieren.

--- Sie können gehen.

Dieselbe operation wurde noch dreimal mit drei verschiedenen Offizieren wiederholt. Parfums in Sankt Petersburg bedeuteten die Damen des Zarenhofs und ihre Schmeichler. Kein Offizier wollte sich mit einer Nonne über Parfümeriebücher in Lateinischer sprache streiten.

Sie erreichten den treffpunkt,an dem Jill auf sie wartete.Kracory war erschöpft. Er hatte diese muscheln über eine meile mit nur kurzen stopps getragen! Er legte die bücher beiseite und legte sich auf den boden.

--- Warum hast du mich Sasha genannt?Sascha war ein gebräuchlicher name unter den dienern! Und sagte sogar, ich sei dumm!

--- Würde ich sie lieber Professor Reinhardt nennen? Hier ist Reinhardt ein deutscher name ud lehrer sind subversive intellektuelle. Und dumm, diskutiere weder politik,noch beantworte fragen.

--- Was ist im Kloster los? - Fragte Jill und steckte die bücher in eine schachtel.

--- Sie suchen eine Ukrainische Widerstandsgruppe, namens "Löwens der Kyiv". Die soldaten sahen, wie zwei von ihnen einen Mönch und einen Novizen in den höhlen entführten.

--- Muss Kommandant und Kelly sein. Ich versuche mit ihnen zu sprechen, aber ich antworte nicht. - Sagte Jill.

Kracory gewann etwas von seiner kraft und seinem mut zurück.

--- Muss in schwierigkeiten sein. Wir müssen dorthin zurückkehren und sie retten.

Gräfin Sonja Narodja wies die hypothese zurück.

--- Unmöglich. Das Kloster ist riesig,kann überall sein. Und selbst wenn wir wüssten,wo sie sind, haben uns die russen gesehen. Wenn wir dorthin zurückkehren, werden wir misstrauen erregen und sie werden uns folgen. Wenn Roy und Kelly versteckt wären, würden wir die russen selbst zu ihnen bringen.

Kracory saß auf dem boden.

--- Sonja, du denkst wie jemand aus dem jahr 1915. Aber wir sind aus ihrer zukunft, erinnerst du dich?

Die Gräfin verstand nicht sofort.

--- Wir haben drohnen mit sensorkameras.Wir können den ort scannen,sie lokalisieren, und wenn sie in schwierigkeiten sind, können wir ihnen bei der flucht helfen.

Sonja applaudierte dem kleinen zwerg und wandte sich an Jill.

--- Infrarotsensoren. Aber das Kloster ist voller menschen. Haben sie irgendwelche nachvollziehbaren gegenstände dabei?

--- Mönche und Novizen haben kruzifixe. Ihre haben tracker. - Sagte Jill.

--- Sehr gut. Ich muss eins gestehen. Ich war glücklich,die mission auf die altmodische weise zu erfüllen. Verkleidet betraten wir Pechersk, holten die bücher und gingen aus dem haupttor. Keine futuristischen tricks. So wie es jemand aus dieser zeit tun würde.

--- Abgesehen davon, dass sie zum zeitpunkt der flucht viele verluste hatten. Mangels kommunikation und unstimmigkeiten. So viele menschen blieben zurück. – Sagte

Kracory.
--- Niemand wird in unserer Armee zurückgelassen. Diese modernität haben wir.
        Jill fügte hinzu:
--- Kommandant und Kelly sind gut ausgebildet. Sie wissen, was zu tun ist. Wir müssen
sie nur warnen, dass wir die bücher haben.
--- Sehr gut. - Sagte Sonja Narodja.

XXXXXXXXXXXXXXXXXXXXXXXXXXXXXXXXXXXXXXXXXX

--- Also, fangen wir von vorne an - Sagte der ukrainische Oberst. --- Oleg und Piotr
haben dich in den höhlen gesehen. Sie erwürgten zwei nicht sprechende ordensleute,
beobachteten alles und tauschten seltsame zeichen aus. Um das ganze abzurunden,
trage stiefel anstelle von sandalen. Sie haben dich erwischt, weil sie dachten, du wärst
ein russischer agent. Aber unsere informanten im Kloster sagen, die russen kennen sie
auch nicht. Sie sind jetzt da oben, verhören die mönche, suchen einen Mönch und
einen Novizen, sympathisanten der rebellen. Das sind wir interessante situation. Die
russen suchen dich und du bist hier. Die frage ist, wer bist du?
--- Waren unsere verkleidungen so schlimm? - Fragte Roy.
        Eine der Frauen sprach Englisch und sagte:
--- In welchem Kloster trägt ein anfänger so viel make-up? Es sieht aus wie es aus
einem bordell kam.
--- Um zu wissen, dass ich ein richtiges mädchen bin. - Kelly abgelehnt.
--- Ich kenne deinen typ von weitem. - Sagte die Frau.
        Einer der jungen trat an den Häuptling heran und sagte etwas zu ihm. Der
Oberst wandte sich an beide.
--- Oleg meint, wir sollten euch beide bald töten. Gib mir einen guten grund, ihm nicht
zuzustimmen.
        Azteca lächelte Oberst.
--- Sie werden entdeckt und brauchen unsere hilfe, um den Russen zu entkommen.
--- Ach, gib zu, dass du für die Russen arbeitest.
--- Die russen suchen Oleg und seinen freund. Und auch für uns, weil sie uns in ihnen
mitschuldig finden.
        Eine seitentür öffnete sich in der höhlenwand und ein alter Mönch trat ein.
        Er sagte etwas zum Oberst. Einmal zeigte er mit einer hand auf einen kleinen
mann und eine frau, die als Nonne verkleidet waren.
        Roy Azteca wandte sich an Kelly.
--- Sie reden über Professor Kracory und Sonja. Dies muss der Bibliothekar sein.
        Alle augen richteten sich auf ihn. Der Oberst starrte sie wütend an.
--- Sie sagten, sie könnten kein Ukrainisch sprechen!
--- Und wir wissen es nicht. Aber er zeigte die größe von Kracory ud einer Frau namens
Sonja an. Sie sind unsere kollegen. Sie gingen in die Bibliothek, um ein Parfümeriebuch
von Bergsson aus Konstantinopel abzuholen.
--- Parfümerie? - Fragte der Oberst. --- Was für ein blödsinn ist das?
        Der Mönch winkte mit der hand und unterbrach den Oberst. Es war klar, dass
er der intellektuelle und politische mentor der "Löwen" war. Der Oberst war der
militärstratege und der mann der tat.
--- Sind Professor und Sonja deine freunde? Warum wollten sie dieses buch so sehr?
--- Er kann das aegenmittel gegen giftgase haben, sehr schlecht. Haben sie das buch
bekommen?
--- Sie haben es geschafft. Ich gab sie ihnen, und dann sah ich sie,ging an den wachen

vorbei und durch das tor.

Der Kommandant und Kelly seufzten erleichtert.

--- Sie haben es geschafft. Die mission war ein erfolg.

Der Oberst drehte sich zu beiden um, immer noch an ihren stühlen gefesselt.

--- Vergisst du nichts?

Sie hörten einen kiesel, der beharrlich auf eine blechpfeife klopfte.

--- Sie haben uns gefunden. - Sagte Kelly lächelnd.

Der unruhestifter war erstaunt.

--- Wie gefunden? Wir sind in einer höhle, mehr als 10 meter tief!

--- Hier muss ein luftrohr sein.Vom dach kommen,durch die wände gehen. –Sagte Roy.

--- Sie müssen den drohnen-scanner verwendet haben, um eine 3D-kartierung der höhlen durchzuführen. - Sagte Kelly.

Die Frau war wütend.

--- Aber wovon redet diese verrückte?

--- Warte! - Sagte Roy.

Sie hörten weiterhin das geräusch von kieselsteinen,die auf das zink schlugen.

--- Unser freunde sagen, dass die russen die höhlen umgeben haben. Sie bilden eine truppe, um in die tunnel einzudringen. Sie wurden per funk angewiesen, Oberst Stanislaw und seine gesamte gruppe zu töten. Sie erkannten Oleg, ihren sohn. Und ...

Azteca und Kelly hielten an. Es war Kelly, die sprach.

--- Hinter dieser wand befindet sich eine person in einem bett.Sieht aus wie ei krankes kind.

Die gruppe war erstaunt. Der Mönch beruhigte sie.

--- Ich gab das buch, das deine freunde wollten. Hier, in der Ukraine, haben wir den brauch, die gefälligkeiten zurückzugeben.

--- Sehr fair. Wenn sie uns gehen lassen, kann ich unseren freunden antworten, damit sie uns hier rausholen können. Oder wir können hier bleiben und auf die ankunft der russen warten.

--- Du wirst diese höhle nie finden. - Sagte die Frau.

--- Und keiner braucht. Umrunden sie einfach das Kloster und warten sie, bis ihnen das wasser und das essen ausgeht. Sie werden lebendig begraben. - Sagte Kelly.

--- Lass sie los. - Bestellte Mönch Kroski.

--- Das ist verrückt! Sie reden mit einem felsen! - Schrie die Frau.

--- Es ist ein code,der von Morse abgeleitet ist. - Sagte der Oberst. --- Außer,wer diese zinkpfeife schlägt, muss über 30 meter hoch am turm hängen. Dort im gewölbe der Basilika. Und ich frage mich, wie sie dorthin gekommen sind, ohne dass die russen es bemerkt haben. Und wie hast du sorgi gesehen?

--- Gute Frage. Kann ich antworten? - Fragte Azteca.

Der Oberst nickte und ließ seine männer die gefangenen losbinden. Der Mönch sagte:

--- Antworte deinen freunden. Wenn du lügst,ist es leicht herauszufinden.Ich gab ihnen das buch, das sie wollten. Fragen sie sie,wer ich bin und wie unser treffen verlaufen ist.

Rodolfo Azteca nahm das kruzifix von seinem hals, drehte es um und begann mit dem daumen auf die basis zu klopfen, wo die füße des gekreuzigten sein würden. Die ganze gruppe war erstaunt. Die gesprächige Frau stammelte:

--- Meine Güte! Sie respektieren nicht einmal ein religiöses objekt! Ein kruzifix!

Kelly konterte:

--- Wie der heilige Petrus, sein heil sucht und sein kreuz auf den kopf stellt.

Das stampfen des kiesels auf dem zinkrohr kehrte zurück. Azteca antwortete:

--- Sie sind Mönch Benés Kroski,Bibliothekar von Pechersk.Bergssons originale wurden in einem feuer verbrannt,und sie gaben ihnen die bücher von Mönch Drominitj. Und Professor Kracory entschuldigt sich dafür, dass er ihn fünfmal "Idiot" genannt hat 5 mal. Er hält ihn für einen großen mann, und einen großen patrioten.

Alle augen richteten sich auf Kroski, der sichtlich bewegt war.

--- Das stimmt. - Der Mönch bestätigt.

Oberst Stanislav übernahm die kontrolle über die situation.

--- Wir werden später um erklärungen bitten. Jetzt lass uns hier raus.

--- Kann ich mir Sorgi ansehen? - Fragte Kelly.

Der Oberst wandte sich an die gesprächige Frau. Sorgi muss ihr sohn sein.

Sie schüttelte zustimmend den kopf.

Die gruppe führte sie zur höhlenöffnung, wo ein verwelkter junge, ungefähr 8 jahre alt, auf einem felsen lag.

Kelly näherte sich dem jungen und untersuchte sein handgelenk, seinen Hals und seine brust.

Kelly drehte sich zu der gruppe um und nickte.

--- Unterernährung. Wie lange hat dieser junge nicht gegessen?

--- Wir hatten nie genug zu essen. Aber wir haben uns fast eine woche lang versteckt. Wir haben gegessen, was wir im busch gefunden haben.

Lieutenant Kelly Falsburg, von der Polaris Army, spürte, wie ihre tränen über ihre verkleidung als novizin oder angestellter liefen. Hunger und elend waren im gesamten Universum zu allen zeiten gleich.

Unterernährung. Selbst wenn sie feste nahrung bekommen könnten, könnte der junge nicht verdauen. In dieser höhle gab es nichts, was ihre fortschrittlichen technologien tun konnten.

Oberst Stanislav bewertete die bevorstehende katastrophe.

--- Die russen müssen nur die höhlenausgänge blockieren und auf unseren tod warten. Unsere einzige möglichkeit ist, platz zu machen und zu sterben. Wir werden nicht verstecken sterben. Wir werden von den armen in fäuste fallen.

Azteca sah die gruppe mit ihren waffen auf einen der ausgänge zusteuern.

Er schickte eine nachricht an Sonja. Innerhalb weniger minuten erhielt er eine antwort.

--- Vielleicht gibt es eine andere option. Es gibt eine höhle unter dem Dnepr, die die russen nicht blockiert haben.

Stanislav schüttelte den kopf.

--- Ich kenne alle höhlen von Petschersk wie eine handfläche, fremder. Es gibt keine höhle unter dem fluss.

Azteca hat eine weitere nachricht gesendet.

--- Der eingang ist 100 meter auf unserer rechten seite.Es is von einem stein blockiert. Und es scheint voller schlangen zu sein.

Monk Kroski musterte Azteca und Kelly von oben bis unten.

--- Er spricht von den Schlangenhöhlen. Woher weißt du das?

--- Schlangenhöhle? - Fragte Stanislav.

--- Die höhle wurde nicht von den mönchen und dienern ausgegraben.Es gab es schon. Die mönche entdeckten es bei ihren ausgrabungen und versperrten den eingang mit steinen, um zu verhindern, dass schlangen in die anderen höhlen eindringen. Die schlangen sind das bild des Teufels, der Adam und Eva verhext hat. Es wäre eine häresie, wenn sie unter einem Kloster wären. Also legten sie den stein in die tür, und niemand sprach mehr darüber. Das wussten nur ich und ein paar alte mönche, die die geschichte des Klosters kannten.

--- Mönch Kroski, sie haben mich gebeten, einen gefallen zu erwidern. Und hier haben wir eine gruppe verdammter ukrainischer patrioten.In meinem land haben wir auch den brauch, die gefälligkeiten zu bezahlen.

Kroski zögerte. Er wollte eine häresie begehen, um sein leben zu retten. Eine doppelte sakrilegienhandlung. Es würde aber auch weitere 20 kostbare leben retten.

--- Das ist verrückt. - Sagte der Mönch. - Der stein, den sie dort ablegen, ist riesig.

--- Wir können es reparieren.

--- Selbst wenn sie den stein entfernen, dringen die schlangen in diese höhle und in andere ein. Dem kann ich nicht zustimmen.

Der kiesel traf wieder auf das zink.

--- Die russen betraten die höhlen. Sie sind etwa 200 meter von hier entfernt.Wenn wir die schlangen freigeben, werden sie bald ihr problem sein.

Stanislav griff ein.

--- Mönch Kroski, ich habe ein leben lang sünde gelebt, getötet und gekämpft. Wenn es eine chance gibt, ein weitere sünde zu begehen ud das leben meiner männer zu retten, bin ich bereit, mit vergnügen in die hölle zu gehen. Ich gehe alle risiken ein. Gehen sie zurück in ihre Bibliothek ud tun sie so,als wüssten sie nichts.Wir sind gesuchte männer. Die Russen kennen uns. Von schlangen oder Russen werden wir nicht den gleichen langsamen tod haben wie Sorgi.

Kroski sah Azteca und Kelly in die augen.

--- Fremde, halten sie ihr gefälligkeiten für bezahlt. Was auch immer passiert,sie haben meinen freunden etwas gegeben, das sie nicht hatten: Hoffnung.

Der Mönch umarmte sie beide. Dann umarmte und küsste er einen von einem der ukrainer. Gesegnet die ganze gruppe.Dann betrat er den gang, der ihn zum Kloster führte.

--- Er ist derjenige, der am meisten von uns allen riskiert. - Sagte Stanislav. --- Der einzige, dem die russen jeden tag gegenüberstehen, und es gibt kein versteck.

Die Frau nahm Sorgi in die arme. Er war bereits tot.

--- Mein sohn geht mit mir, wohin ich gehe. Ich werde ihn wie ein freier begraben.Oder beim versuch zu sterben.

Die schläge auf zink kehrten zurück.

--- Russen auf 150 metern und vorrückend schnell.

--- Wir haben keine zeit mehr zu verlieren. Keiner von uns weiß, wo dieser stein ist. Wir sind in einer höhle, alle mauern sind aus stein. Davon haben wir noch nie gehört.

--- Oberst, erlauben sie mir, das kommando zu übernehmen, bis wir die andere seite erreichen?

Stanislav lächelte.

--- Mit vergnügen, Fremder. Dies ist das erste mal, dass ein ausländer um erlaubnis gebeten hat, uns zu befehlen.

--- Ich bin begeistert. Lass uns gehen.

Sie rannten durch die tunnel. Roy wurde von einem kleinen spiegelähnlichen gerät geführt. Er blieb wie so viele andere vor einer wand stehen. Kein wunder, dass niemand sie bemerkte.

--- Die mönche bedeckten den eingang mit steinen und schleppten ihn nach draußen, damit niemand die schlangen entdecken konnte. Sie waren dämonisch für sie. Lass uns einbrechen.

Ohne viel nachzudenken begannen die männer, die höhlenwand an der angegebenen stelle zu durchbrechen. Bald fielen die steine und eine dunkle höhle erschien vor ihnen.

Bald sahen sie die giftigen schlangen und kratzer, die bei den mönchen so viel entsetzen verursacht hatten.

--- Ich glaube, ich verstehe jetzt, was "Dämonisch" bedeutet. - Sagte Stanislav.
--- Bald werden auch die Russen verstehen. Lass uns gehen - Sagte Azteca und betrat den tunnel.
--- Bist du verrückt? Gehst du da rein? - Sagte die Frau, ihren sohn zu tragen.
--- Lass uns gehen. Und komm direkt hinter uns her.Wir haben nicht viel zeit.Und leise, rede nicht, kein lärm. - Antwortete Kelly und trat hinter den Kommandant Azteca.

Stanislav bekreuzigte sich und trat hinter die fremden. Bald folgten alle.

Sie folgten einer nach dem anderen in einer indianischen schlange. Das gerät in den händen von Azteca strahlte ein helles licht aus, so dass jeder den kerl vor sich sehen konnte.

Allmählich bemerkten sie etwas seltsames.

Als sie vorbeikamen, rollten sich die schlangen zusammen und die spinnen versteckten sich. Es gab auch echsen in den rissen der felsen, aber keine griff sie an.

Egal wie schwach und müde sie waren, keiner von ihnen wagte es, schwäche zu zeigen Sie erlebten ei wunder.Sie würden den ganzen weg gehen,egal was passiert.

Sie hörten das geräusch des Dnjepr über ihren köpfen. Sie fuhren unter dem fluss vorbei!

Kurz darauf wiederholten die vorderen ein signal zum anhalten.Das haben sie gemerkt. Ein stein blockierte den ausgang.

Es gab eine moment der spannung,aber das signal war,dass alle ruhig bleiben sollten.

Dann hörten sie das knacken einer kleinen explosion. Der stein war entfernt worden.

Niemand hat es verstanden. Wie hätten sie dort dynamit verwenden können, ohne die ganze höhle zu zerstören? Und wie hatten sie dynamit bekommen?

Aber sie spürten, wie die frische luft vom höhlenausgang härter einströmte.

Das war alles, worauf es wirklich ankam.

Endlich kamen sie i de wald,etwa fünfzig meter vom ufer des Dnjepr entfernt.

Sie konnten Pechersks türme auf der anderen seite des Dnjepr sehen,ein paar meilen entfernt.

Sie müssen kein ukrainisch verstehen,u ihr dankbares aussehen zu verstehen. Stanislav fragte:
--- Können sie uns sagen, wie sie es gemacht haben?

Azteca lächelte.
--- Nein. Und versuche es nicht noch einmal. Das nächste mal werden die schlangen sie lebendig verschlingen.
--- Kannst du uns wenigstens deine namen nennen?
--- Nein. Je weniger sie über uns wissen, desto besser. Das kann ich dir sagen. Einen oment, Oberst.

Azteca sah für einen moment seinen zauberspiegel.Stanislav sah sich das ding an,sah aber nur punkte und striche.Er kannte de Morsecode.Aber das war nicht Morse.

Rodolfo lächelte den Ukrainer an.
--- Wir haben aktuelle nachrichten, Oberst. Die Russen brachten zwei Regimenter, um Petschersk zu umgeben. Sie haben bereits den eingang zum „Dämonischen" Tunnel gefunden und kämpfen gegen sehr wütende schlangen.

Stanislav lächelte zurück.
--- Ich würde gerne neutral sein, wie Amerikaner, aber ich kann nicht. Ich feuere die schlangen an.
--- Die Russen müssen denken, dass wir den tunnel betreten haben und tot sind. Sie müssen den tunnel schließen und daran denken, uns dort einzusperren. Ich schlage

vor, sie lassen ihre männer diesen ausgang schließen. Sie werden also nur wissen, dass sie geflohen sind und am leben sind, wenn sie überrascht wieder auftauchen.
--- Zumindest habe ich etwas über dich gefunden, fremder. Sie sind oder waren ein soldat. Und ein exzellenter stratege.

Der Oberst begrüßte ihn, und der Kommandant Asteca antwortete ihm. Nun, waren sie es waffenbrüder. Mission erfüllt.

Stanislav gab auf ukrainisch einige befehle,und seine männer begannen,steine zur öffnung der höhle zu schieben.

Kelly hatte sich von Sorgis körper verabschiedet und die unruhestifterin umarmt. Die russen müssen an ihren händen leiden.

Sie rannten in den wald und verschwanden.

Sie verdoppelten ihre sorgfalt, um nicht befolgt zu werden, und gingen zum treffpunkt.

Sonja und Jill waren bereit zu gehen. Aber Kracory sah sehr nervös aus.
--- Wollen sie mir sagen, was los ist, Professor? - Fragte Rodolfo Azteca.
--- Weißt du, wie sehr wir uns heute in die Irdische Geschichte einmischen,um an diese bücher zu kommen? - Fragte er.

Rodolfo und Sonja sahen sich an.Die Gräfin wandte sich an den kleinen zwerg.
--- War es so viel? - Fragte sie.
--- Die russen erkannten den jungen Oleg, den sohn des Obersten, und folgten ihm zu den höhlen von Petschersk. Sie brachten zwei bewaffnete Regimenter an die zähne und umzingelten alle ausgänge, die sie kannten. Zwischen dem verhungern in den höhlen ud den aussterbenden kämpfen entschieden sich die „Lowen" für de kampf. Sie würden schießen und geschlachtet werden. Ihre körper würden an stangen aufgehängt, um das ukrainische volk einzuschüchtern. Das wäre das normale ergebnis dieses abenteuers.

Stanislav und seine anhänger waren zum scheitern verurteilt.
--- In der "normalen" geschichte, wären Kelly und ich nicht da, Professor. Wir würden auch an den pfosten hängen. Wir retten uns einfach. Wir haben niemandem einen gefallen getan.
--- Nein. Sie hatten ein elektronisches gerät, mit dem sie einen dreidimensionalen höhlengrundriss herunterladen konnten. Sie haben eine höhle hinter einer mauer gefunden, die selbst die ukrainer nicht kannten. Kelly senkte einen schallgeber, der mit einer ultraschallfrequenz sendet. Für die menschlichen ohren nicht wahrnehmbar, trifft es jedoch das nervensystem der tiere ud lähmt deren bewegungen.Sie haben den stein gesprengt, der den ausgang blockiert, weil sie plastiksprengstoff in voller größe vor der gürtelschnalle versteckt hatten. Wenn wir nicht hier wären,könnten Stanislav und seine gruppe niemals aus dieser höhle entkommen.
--- Das ist wahr.
--- Nun, anstatt der bilder von weiteren 20 märtyrern, die in einem Museum hängen, wird dieses Kunststück Stanislav zu einem Nationalhelden machen. Der mann, der der belagerung von Petschersk entkommen ist. Ihre "Lowen", die heute 20 waren, werden morgen 200 und dann vielleicht tausende sein.
--- Vielleicht, Professor. Vielleicht.
--- 1917 werden die bolschewiki die Ukraine fast ohne widerstand beherrschen, weil es keinen Führer wie Stanislaw gab, der die ukrainer organisierte. Sie wurden vom völkerbund auch in der zeit der Zwischen Kriegen nicht anerkannt, weil sie keinen festen politischen führer hatten, wie die tschechen Thomas Masaryk hatten.
--- Wahrheit. Stanislav sah aus wie ein guter anführer.
--- 1921 wird der Russische Bürgerkrieg zwischen Kommunisten und Antikommunisten ausbrechen. Rote Russen gegen Weiße Russen. Der Westen wird versuchen, Admiral

Koltschaks Weißen Russen zu helfen, kann aber in den ecken Sibiriens nichts tun. Aber wenn die ukrainer hier an den ufern des Schwarzen Meeres einen führer hätten,könnte der Westen viel helfen. Sogar kanonen der Royal Navy hätten an den kämpfen teilnehmen können.
--- Es kann sein. Wohin möchten sie gehen, Professor?
--- Wenn die Sowjetunion 1921 das fruchtbare Land der Ukraine verloren hätte, hätte sie ihr Regime nicht länger als 70 jahre aufrechterhalten können. Der Kalte Krieg, das Weltraumrennen, all dies wäre nicht möglich gewesen, ohne dass der ukrainische getreidespeicher die Sowjets ernährt hätte. Haben sie eine vorstellung davon, wie anders die Terranische Geschichte gewesen wäre?

      Rodolfo ging in die hocke,stellte sich auf den kleinen zwerg und sah ihm in die augen.
--- Professor, haben sie gezählt, wie oft sie in einer Geschichte von fast einem jahrhundert "Wenn" gesagt haben? Vielleicht hilft eine leistung wie diese in der höhle Stanislav,ein held zu werden. Aber die russen werden immer noch in der mehrheit sein, und beim nächsten mal werden sie statt zwei zehn regimenter schicken. Glauben sie wirklich, dass die ukrainer ohne hilfe so weit gehen würden? Und vergessen sie nicht, dass die Nazis noch vor der Royal Navy eintreffen werden.

      Der kleine zwerg sah zweifelnd aus. Und Azteca schlug zurück:
--- Lehrer, wenn sie als handwerker ins Mittelalter zurückgekehrt sind; wenn sie hämmer, sägen, nägel, hölzer und tücher hätten: Würden sie aufhören, ihre karavelle zu bauen? Sie kennen alle Seeschlachten der Welt? Von der Kolonisierung der Kontinente? Und warum nicht? Weil du nicht bist, niemals gewesen bist, niemals Gott sein wirst. Sie sind nur ein mann, mit den werkzeugen und träumen an ihren fingerspitzen. Sie werden mit allem, was in ihren händen liegt, ihr bestes geben. Und dann können sie mit gutem gewissen ruhig schlafen. Sie haben ihren teil getan, so gut sie konnten. Was immer außerhalb ihrer reichweite ist, ist es nicht ihr geschäft.Ich mag einen buddhistischen satz sehr. „Wenn sie etwas tun können, brauchen sie sich keine sorgen zu machen. Wenn sie nichts tun können, müssen sie sich auch keine sorgen machen."
--- Können wir diese philosophische debatte zu hause fortsetzen? - Fragte Sonja und trat in die Teleportation ein. --- Wir stehen immer noch vor dem Pechersk-Kloster im Jahr 1915. Und wenn diese russen merken, dass sie getäuscht wurden, möchte ich nicht hier sein, um teil der wahren Geschichte der Ukraine zu sein.

Kapitel 5

Unerwartete Pfade

„Menschen finden oft ihr Schicksal, auf dem Weg, den sie gehen, um es zu vermeiden."

Jean de La Fontaine, französischer Dichter und Fabellist.

--- Was für eine freude, dich wiederzusehen! - Gefeierte Sabrina. Chayse neben ihr lächelte erleichtert.

--- Es scheint, dass sie in unserer abwesenheit eine tolle zeit hatten. Die Niederländische Polizei beobachtet unseren eingang. Gibt der Kommissar arbeit?

--- Du machst nur deinen dienst. Ein gewisser Englischer gentleman wusste, dass sie draußen sein würden, und einige MI6-Gentlemen suchten nach einem funksender. Ich würde gerne ihren bericht lesen. - Gelacht Chayse.

Sabrina lachte und fragte:

--- Und du hattest so viel spaß in der Ukraine?

--- Die Ukraine ist sehr schön und Kyiw ist eine schöne Stadt.Unter anderen umständen hätten wir mehr genossen.

--- Meistens sind ihre höhlen sehr schön.-Sagte Kelly.---Die mit schlangen und spinnen sind also ein muss.

Sabrina und Chayse lachten viel.

--- Sie hatten auch spaß mit spinnen! - Sagte der brasilianer.

--- Es hat also richtig spaß gemacht! - Chayse verspottet.

Nach einer dusche und einem abendessen erzählten alle ihre abenteuer und lachten viel.

Später suchte Rodolfo Sonja auf.

--- Ich habe die Matrix kontaktiert. Unsere Support-Teams haben bereits maßnahmen ergriffen, um uns zu decken. In Schweden oder Russland wartete niemand auf uns.

--- Wir stellen Kostler die offensichtliche route für normale Erdbewohner zur verfügung. Göttemburg - Stockholm - Sankt Petersburg - Kyiw. Und "Big" warnte seine chefs, dass wir draußen waren. Und der MI6 besuchte uns hinter einem Funksender. Die frage ist, warum sie die Schwedische und Russische Polizei nicht über unsere ankunft informiert haben.

--- Es wäre besser für die Engländer, ob wir in die hände von Schweden oder Russen gefallen sind?Sie mögen jetzt freunde sein,aber ihre freundschaft ist nicht so großartig.

--- Mit "Big" aus Sabrina ist MI6 näher bei uns als die anderen. Warum sollten sie ihre erkenntnisse zweifelhaften freunden mitteilen?

--- Die Matrix gab andere informationen. Mansfield stöbert in den vermeintlichen familien von Jill und Kelly. Er fand die "Weihnachtsbäume" im Englischen Archiv, war aber nicht überzeugt. Er ließ auch Sabrina in Brasilien untersuchen. Er fand sogar das grab ihrer mutter und die pension, in der sie lebten. Sie habe ihre ganze geschichte mit ihren nachbarn gehört.

Dachte Sonja.

--- Das war unvermeidlich, Roy. Sabrina ist eine königliche Terranerin. Wenn sie sich ihre vergangenheit ansehen, werden sie alle orte entdecken, an denen sie gearbeitet hat. Es ist eine echte person. Aber die töchter der Englischen Offiziere sind erfundene figuren. Es war klar,dass die Engländer sie finden würden.Aber ich hätte nicht gedacht, dass es bald soweit ist. Wir ziehen zu viel aufmerksamkeit auf uns.

--- Sie müssen schon die Aztecas, Narodjas, Chayses und Kracorys hier auf der Erde

suchen.
--- Es würde sogar spaß machen,ein treffen mit unseren echte familien,Roy,zu fördern.
Zumindest wäre es unvergesslich.
--- Geben wir uns einfach mit unseren verkleidungen zufrieden. Support-Teams sind
bereits in aktion. Wie immer machen sie keine angaben. Der befehl ist, die geschichten
zu behalten.
--- Aber wie lange, Roy? Wir bauen ein schloss der lügen.Und eine burg der lügen kann
nicht ewig dauern.
--- Wir müssen dieses gegenmittel bald finden und hier raus, bevor alles
zusammenbricht. Ich habe die Ukrainischen bücher bereits an die Matrix geschickt. Sie
scannen alles und senden uns nur die punkte, die wir brauchen.
--- Aber es war ein Großer Sieg,Roy! Jetzt haben wir bis 1782 alles,was die menschheit
über Parfümerie wusste!
--- Das Drominitj-feuer fiel mit dem beginn der Industriellen Revolution zusammen.
Von dort aus drehte sich die Welt um. Interkontinentales reisen, gewächshauskultur ...
Das Land der Maschinen war ein anderer planet.
--- Heute haben wir den Mittelalterlichen Planeten besiegt.Wir werden morgen über den
Planeten der Maschinen nachdenken, Roy.
--- Ich denke, wir müssen zuerst nachdenken, Sonja. "Orion" will den spieß umdrehen
und angreifen.
--- Was meinst du?
--- Er war sehr beeindruckt von dem Ukrainischen Buch. Bergsson und Drominitj waren
sehr kultiviert. Ihre arbeit ist fantastisch. Also dachte er: "Wenn mittelalterliche
terrassen so viel wissen könnten, stell dir die moderne vor!"
--- Ich verstehe nicht.
--- Er möchte die besten Parfümeure der Welt für uns gewinnen.Und verwenden sie das
ukrainische buch als köder. Er möchte das buch in einer von uns signierten
überarbeiteten und erweiterten ausgabe neu auflegen. Ein Team von Ghostwritern
kümmert sich um alles. Wir müssen nur reporter treffen und autogramme geben.
--- Ist es das? Ist er verrückt geworden? Wir werden im mittelpunkt stehen!
--- Das ist die idee. - Azteca stimmte zu.
--- Wessen idee? Wer hatte diese verrückte idee? Er, du oder dieser kleine
Kracoryzwerg?
        Azteca sah weg. Für ihn war es keine leichte wahl gewesen.
--- Die idee kam von Mansfield aus dem MI6.Untersucht Jill ud Kelly und bricht in unser
haus ein. Es ist bereits unsere zweite invasion. Der erste war Fräulein Doktor.Wie lange
dauert es, bis Kommissar Hinca einen Durchsuchungsbefehl erhält? Sie haben Sabrina
untersucht! Sie gingen zum grab ihrer mutter! Wir hätten in Schweden oder in Sankt
Petersburg verhaftet werden können! Es ist klar, dass unsere verteidigungsstrategie
nicht funktioniert. Wir ziehen zu viel aufmerksamkeit auf uns. Es tut uns leid, sie
darüber zu informieren,aber unsere anonymität ist bereits ins Weltraum gegangen.Kein
wortspiel beabsichtigt.
--- Mit wem spreche ich? Mit dem Arkonak Kommandant, oder mit einem
Aushängeschild?
--- Was magst du lieber, Sonja? Erklären sie Kostler, warum wir einen monat lang nicht
reisen. Oder der Niederländischen Polizei erklären, wie eine außerirdische teleportation
funktioniert?
        Es herrschte stille. Azteca abgeschlossen:
--- Technisch gesehen, ist dies ein "Orion" befehl. Aber wir haben schon früher gegen
befehle verstoßen. Und da wir sowieso vor ein Kriegsgericht gehen, würde ich gerne

vom gesamten Team hören. Wenn wir zustimmen, wird es mit zustimmung aller sein. Wir sind zusammen dabei.
--- Lass uns in die zeitungen gehen und noch exponierter werden.
--- Wenn jemand kommt, um uns zu überfallen, können wir sagen, dass er uns in den zeitungen gesehen hat und gekommen ist, um unser geld zu stehlen. Es ist viel einfacher, als drei MI6-Agenten zu erklären, wie sie eine neu eröffnete Parfümerie betreten, um nach einem funksender zu suchen! Oder ein deutscher spion, der nach außerirdischen sucht!
--- Der alte trick, zeitungen zu benutzen, um sich zu verstecken. - Die Gräfin folgerte.
--- Berichten sie, was sie herausfinden möchten.
--- "Orion" glaubt, dass wir in die enge getrieben sind und wir können nicht nach den besten Parfümeuren der Welt suchen. Wenn wir mit dem buch berühmt werden,werden sie irgendwann zu uns kommen.
--- Die presse wird in jedem von uns stöbern. - Sagte Sonja.
--- "Orion" garantiert antworten auf alle fragen. Und ich vertraue Admiral Sanders. Der Chefstratege ist er. Aber, das ist das seine idee. Ich bat um zeit, um das personal zu konsultieren. Nach Kyiw,verdienen wir etwas kredit. Jetzt vertraut er uns zumindest ein bisschen.
        Die Gräfin war über die idee nicht sehr aufgeregt.
--- Parfümerie-Prominente werden. Ich weiß nicht, Roy, es ist sehr riskant.
--- Prominente, in begriffen. Wir sind mitten in einem Krieg. Zeitungen sind voll von nachrichten über kämpfe. Wenn wir auf der 100. Seite eine fußnote haben, wird das eine menge sein.
--- Das macht mir sorgen. Sie unterschätzen sehr diejenigen, die fußnoten lesen, auf der 100. Seite. Lassen sie uns die gruppe morgen früh im koffe zusammenbringen.

XXXXXXXXXXXXXXXXXXXXXXXXXXXXXXXXXXXXXX

        Die Autogrammnacht fand am 1. Oktober 1915 in einer kleinen buchhandlung statt.
        Ein "Amsterdam Press" war mit einem Fotografen anwesend.
        Und der redakteur von "Press" schickte eine notiz, die mindestens ein kleines foto auf der letzten seite versprach.
        Einige freunde und kunden von Maison Arkonak Rhugen waren anwesend. Unter ihnen Kostler, Hinca und seine Frau.
        Wenige leute interessierten sich dafür

"TRAHETAT DAE PHERPHUMAREAE"

von Bergsson von Constatinople und Mönch Andrey Drominitj.

Gewidmet:

Von den Löwen von Kyiw
An das Kloster Pechersk Lavra und die Volks in der Ukraine.

        Natürlich, hätten die mitarbeiter der Maison keine möglichkeit, ihre kontakte zu einer gruppe von Guerillas zu erklären, die angeblich in höhlen getötet wurden.
        So wurden die „Löwen" im buch als gruppe von intellektuellen im exil vorgestellt, die das Vorwort verfassten.

Im September ud Oktober 1915 war der gesamte zeitungsraum für den krieg reserviert. Österreich war in Serbien einmarschiert und wollte es von der landkarte streichen. Aber der Widerstand der Serben war beeindruckend gewesen. Die überwiegende mehrheit der Niederländer, sowie alle neutralen, waren pro-serbisch.

Die ganze welt war beeindruckt von diesem bäuerlichen volk,das sein land ud seine häuser vor einem der mächtigsten reiche der welt verteidigte.

Mit guerillas und hinterhalten trieben die Serben die Österreicher von niederlage zu niederlage, von mausefalle zu mausefalle. Immer mehr truppen mussten entsandt werden, immer mehr dörfer niedergebrannt, immer mehr menschen getötet und zerstört werden. Aber die Serben widerstanden.Sie flohen von einem ort,um später an einen anderen, unerwarteten ort zurückzukehren.

Und je länger dieses katz-ud-maus-spiel dauerte, desto mehr wandte sich die öffentliche meinung gegen die angreifer.

Zum erste mal erkannte die österreichische brasilianerin Sabrina die richtung, die die politik einschlug.

In Frankreich war es graben gegen graben. Beide seiten waren gebunden. Auf see behauptete jede seite, dies auszunutzen. Zwei lügner gleichermaßen.

In Russland war der Zar ein tyrann, der sein volk versklavte und Deutschland zuerst angegriffen hatte, um eine ausnutzung zu erwägen. Außerdem waren der Zar und der Kaiser cousins. Mehl aus der gleichen tüte.

Aber, in Serbien, waren sie gute jungs gegen böse jungs. Dort begannen die zeitungen der neutralen partei zu ergreifen.

Und einer der neutralen waren die Vereinigten Staaten.

Sabrina wusste nicht viel über die Vereinigten Staaten. Auch im kino waren die meisten filme noch französisch. Amerikanische filme begannen in Europa zu erscheinen, aber immer noch wenige.

Aber sie konnte den Kommandant und Chayse als amerikaner posieren sehen. Er sah, auf den karten, dass es ein riesiges und sehr mächtiges land war.

Er erkannte, dass sie früher oder später, in den krieg eintreten, ud ihre kräfte ausgleichen würden.

In diesem fall würden, seine freunde aufhören neutral zu sein, und die Niederlande verlassen müssen. Oder sogar der Planet Erde.

"Big Ben" Kostler hat die ganze nacht nicht einmal seine seite verlassen.

Kommissar Hinca begleitete alles zusammen mit seiner Frau. Sie waren besondere gäste des Maison Arkonak Rhugen.

Mitten im event erschien Terry Audrey, als wäre er zur hälfte verloren. Kostler täuschte seine überraschung vor, und stellte ihn den Arkonaken, als Handelsvertreter einer amerikanischen firma vor.

Fast sofort näherte er sich Kelly und Jill.

Sonja fragte Roy.

--- Was hast du von ihm gedacht?

--- Außendienstmitarbeiter. Gute taktik,nicht strategisch.Es war klar,dass Kostler hinter Jill und Kelly her war. Das bedeutet, dass es unsere aufmerksamkeit abgelenkt hat.

--- Hat es geschafft, Hinca abzulenken. Der Kommissar lässt ihn nicht aus den augen. - Sagte die Gräfin.

--- Das sollte deine Priorität sein. Die Holländer beobachten und / oder beschützen uns. Niemand kann uns ohne vorbeigehen erreichen von den Holländern.

--- Ein anderes team von invasoren zu schicken, wäre sehr riskant. Es könnte Kostler gefährden.

--- Terry wurde der "Goldene Mann". Entscheiden sie sich sofort und klären sie die situation. Erwarten sie starke emotionen. - Azteca schloss lächelnd.

Ein mädchen kam mit einem sehr verstörten gesicht in den buchladen.

Sie sah den reporter und fotografen der „Amsterdam Presse" an, und ihre verachtung für sie zeigte, dass sie sich bereits kannten.

Sie war eine „Amsterdam Press". Sie hatte den ganzen tag auf einer alten rostigen schreibmaschine getippt. Seine finger waren taub.

Sein traum war es, Journalisten zu sein. Aber eine Frau? Journalist? Im Jahr 1915?

Lächerlich!

Das mädchen mochte die aktion. Wenn es könnte, wäre es ein Kriegskorrespondent. Oder Polizeireporter, um erschießungen zu melden.

Der herausgeber hatte die beharrlichkeit des mädchens bereits satt. Um sie loszuwerden, befahl er ihr, nach stunden die autogrammnacht der Arkonaken zu besuchen.

Das war doch absurd! Sie wollten, dass sie sieht, "Wie ein mann arbeitet".

Zum start eines Parfümeriebuches? War das ernst?

Wie aufregend! Du könntest früher schlafen.

Aber in der nachrichtenredaktion erzählten ihr ihre schreibkraftfreunde, dass die Parfümeure in bizarre geschichten verwickelt waren.Ein deutscher kapitän,ermordet von außerirdischen anbetern, nachtangriffen, dieben umgeben von spinnen, polizisten vor der tür ...

Jetzt haben sie einen mittelalterlichen "Trahetat" gefunden, der aus einem kriegsgebiet gebracht wurde!

Was für verrückte leute!

Die schreibkraft nahm den mut auf, sich einer kalten nacht zu stellen, ud ging zum redakteur.

Zumindest konnte niemand sagen, dass es nicht fleißig war.

Sie würde sehen, "Wie ein mann arbeitet" und von Parfümerie sprechen. Urkomisch.

Das mädchen betrat den buchladen, der reporter begrüßte den fotografen,der sie ignorierte. Er betrachtete eine ausgestellte kopie. Und fing an, darin zu blättern. „Trahetat" war ein riesiges buch, mit mehr als 1500 seiten, format 50 cm x 30 cm, hardcover! Voller handgemachter gravuren und lateinischer namen. Es mischte technische texte mit kuriosen episoden. Ein Literarisches Monster!

Mit sicherheit war nicht beabsichtigt, zu den bestsellern zu gehören.Es war ein angesehenes buch. Ziel war es, den ruf von Maison Arkonak in der Parfümerie zu Etablieren.

Nur sehr begeisterte experten und bewunderer wären an einem solchen buch interessiert.

Als sie durchblätterte, wurde das mädchen blass und schwitzte kalt. Plötzlich ging er mutig zu Autogrammtisch,wo sich der Kommandant Azteca, die Gräfin Narodja, Chayse und Kracory befanden.
--- Entschuldigung. - Sagte sie und näherte sich dem Tisch. --- Sind sie nach Kyiw gefahren, um diese originale zu holen?

Der „Amsterdam" reporter verfolgte sie, riss sie weg und hielt sie am arm. Der Kommandant hielt ihn auf.

Alle drehten sich zu ihr um und amüsierten sich.

Es war der lustigste vorfall der nacht gewesen!

Es war die Gräfin, die ihm mit einem schönen lächeln antwortete.
--- Nun, wir haben es versucht. Wir haben sogar die reise nach Kyiw begonnen. Wegen

des krieges ist es sehr schwierig zu reisen. Wir mussten auf halbem weg zurück. Also nehmen wir uns so wenig zeit. Wir haben glück, dass einige ukrainische freunde von unserer reise erfahren haben. Und sie haben uns die originale durch einen boten geschickt. Die Post ist auch schrecklich. Frag mich nicht einmal, wie sie das gemacht haben. Das ist ihr geheimnis.
--- Können sie mir eine kontaktadresse mit ihrem ukrainischen freund geben? - Fragte das mädchen.
--- Ich kann nach seinem kontakt suchen. Wie heißt du?
--- Mildred. Mildred Bergsson.
--- Oh, Bergsson. Haben wir einen nachkommen von Bergsson aus Konstantinopel? Aber Bergsson ist ein in Schweden und Skandinavien weit verbreiteter familienname. Und wo die wikinger gingen, wie in Kyiw.
Das mädchen zögerte. Sie hatte nicht gedacht, dass sein nachname so häufig war. Aus einem impuls heraus handeln. Sie hatte nicht klar gedacht.Jetzt fühlte sie sich wie eine idiotin.
Die Gräfin grinste.
--- Es ist egal. Sie ist Bergsson, die gekommen ist, um uns heute zu ehren. Herr fotograf, Herr reporter, machen sie mit uns ein foto von ihr. Heute nacht, vertritt sie Bergsson von Konstantinopel.
Der bericht erschien auch auf dem foto. Andernfalls könnte es ihr in der Nachrichtenredaktion schaden. Politik von gute nachbarschaft.
Kommissar Hinca,Benjamin Kostler ud Terry Audrey waren ebenfalls auf fotos von der veranstaltung zu sehen. Und sie alle bemerkten die reaktion des schreibers.
Als die veranstaltung zu ende war,klopfte Chayse mit dem stock auf de boden.
--- Ich sehe, wir haben einen neuen freund gefunden.
--- Was hast du von ihr gedacht? - Fragte die Gräfin.
--- Sie versteckt etwas. Ihre verbindung mit Bergsson ist nicht nur nach nachnamen. Sie keuchte, war besorgt und besorgt. Miss Mildred entdeckte etwas in dem buch, das sie uns nicht erzählen wollte.
--- Sie arbeitet bei der „Amsterdam Press". Sie tippt aus einer zeitung, und ihre mitmenschen hassen sie. Sie können sehen, dass es sehr fett ist.
--- Nein. Es ist kein journalistisches loch. Es ist persönlich. Dieser Bergsson hat, wenn er nicht verwandt ist, zumindest die seele und vielleicht eine andere verbindung zu Bergsson.

XXXXXXXXXXXXXXXXXXXXXXXXXXXXXXXXXXXXX

Am nächsten tag wurde ei umschlag mit einem artikel von „Amsterdam Press" in der Amsterdamer Post veröffentlicht.
Der Empfänger sagte:
"Zu
Meine Schwester
Petra Bergsson Stravlov
Stockholm, Schweden."

ENDE

www.ingramcontent.com/pod-product-compliance
Lightning Source LLC
Chambersburg PA
CBHW071457150726
48000CB00006B/2602